FÓRA DE XOGO

Edición: Helena Pérez
Deseño da cuberta e interiores: Miguel A. Vigo
Maquetación: Helena Pérez
Imaxe da cuberta: Zerihun Seyoum (pintor etíope), The Runners, 2006
Produción: Antón Pérez

1ª edición: maio, 2017

A autora cede os dereitos de edición
a Implicadas no Desenvolvemento

Dr. Marañón, 12. 36211 VIGO

xerais@xerais.gal
http://www.xerais.gal
http://www.blog.xerais.gal

ISBN: 978-84-9121-218-8
Depósito legal: VG 168-2017

FÓRA DE XOGO

Corredora

María Reimóndez

XERAIS

A Manu, que sabe acompañar todas as carreiras.
Grazas por estar aí sempre e por ser parte deste libro
que non existiría sen ti.
A todas as nenas e nenos, mulleres e homes,
que acenderon en min o amor a Etiopía.
A todas as nenas e nenos, mozas e mozos
que levan Etiopía na pel e na orixe. Este libro é,
sobre todo, para vós, co desexo de que axiña sexades
quen de contar, na nosa lingua, as vosas historias.

No cuarto do hotel soa un teléfono. Están de concentración, non deberían de chamar estes días, mais sabe que o fan á mantenta. Sabe que tentan sacar dela unha contestación no momento crítico. Non cre que sexa xusto. Nin a chamada nin ter que tomar decisións dese tipo nesta altura. Por iso deixa que o teléfono soe sen descolgar. Ten o corpo canso, así que prefire deitarse na cama e baleirar a súa mente vendo pasar a montaña por diante dos seus ollos, o aire por dentro dos seus pulmóns. O tempo polos espazos que a foron facendo.

Fondo

1

Dende o cumio da montaña mira cara abaixo unha nena. Está tan arriba, que se estira os dedos, pode tocar as nubes os días de néboa. A Genet gústalle vir sentar aí, xusto na marxe da aldea, e mirar cara ao descoñecido. O descoñecido é unha chaira breve, como quen colle folgos un intre, e novamente no horizonte as enormes montañas. Grandes coma a súa. Genet xoga cos pés na herba, sorrindo porque seu pai di que aí están seguros. Que pase o que pase alá abaixo, nesa planicie e nese país, eles viven seguros. Os homes falan ás veces debaixo das árbores de cando viron pasar os tanques, cando caeron bombas na chaira, cando moeron os corpos a terra. Pero alá arriba, no cumio, ninguén subiu. A montaña protexe. A montaña é segura.

Se cadra por iso rara vez Genet ten medo. Porque na aldea todo o mundo se coñece e pode medir ben os seus pequenos pasos. Facendo o que lle mandan, teno todo solucionado.

Genet mira o sol do atardecer. Ten aínda un camiño cara á casa. Pola aba sobe un neno coas cabras, é doutra aldea aínda máis cara ao interior da montaña. Non ha chegar hoxe a onde vive. Genet ponse de pé e decide que é hora de regresar antes de que sexa noite. Hoxe non hai lúa e correr polos escarpados carreiros de croios pode serlle difícil. As súas pernas son o seu único medio de transporte. Así que estira o seu vestidiño verde e luído e colle camiño cara ao fogar.

A casa de Genet levántase nun dos pequenos socalcos que permiten construír un *tulu* alá na cima da montaña. A súa choupana fica soa, a veciña atópase uns metros máis abaixo. Teñen un paseo ata a fonte que hai uns anos construíron unhas persoas descoñecidas. Segundo o seu pai, des que puxeron o cano baixa moi pouca auga. Mais ninguén lles preguntou e iso é o que teñen agora.

Hoxe o seu pai non está. Quedou do outro lado, alá onde teñen algo de terra, na aba e no inicio do val. Os homes baixan e pasan unha tempada acolá cultivando. As mulleres soben e descenden cada día as tres horas de camiñada para levarlles comida e traballar no campo. Genet encárgase da casa cando non hai ninguén e tamén de levar a cabra que teñen a pastar. Cando lle naza un irmán será el quen se encargue da cabra, mais polo de agora é ela soa; todas as mulleres preguntan cando vai ter máis descendencia, pero súa mai nunca contesta. Genet non sabe por que súa mai cala, pero tanto lle ten, está ben así. En calquera caso, a ela gústalle ir coa cabra porque corren xuntas polos lugares máis difíciles, e tamén lle gusta baixar coa súa mai a levarlles a comida aos homes, correndo de arriba para abaixo pola complicada aba. Así que tanto lle ten ter un irmán ou non.

Cando chega á casa xa a luz é moi pouca. Nada máis queda botarse na terra e durmir. Súa mai arrombou todas as potas e está poñendo no chan a tea de saco que usan para durmir. O *tulu* está cheo de fume como cada día, que prende na palla do teito e fica aí sen remisión coma un retallo de néboa que non dá espernicado.

A mai de Genet fala moi pouco e desta vez tampouco lle pregunta onde andaba, seguramente porque xa sabe a resposta: correndo por aí como adoito. Tócalle o pelo con cariño e as dúas bótanse no saco a durmir. Genet séntese cansa. Cando a luz marcha é coma se lle desaparecesen a ela tamén as raiolas, coma se o seu corpo aprendese a ser coma o sol, ou estivese feito del. Cando o sol marcha, quere correr detrás del polo horizonte e para iso ten que pechar os ollos e soñar... co que máis lle gusta no mundo. Correr e correr polo ceo e o ventre aberto da montaña.

2

Cando as mulleres están soas na fonte falan e falan. A Toiba, a mai de Genet, non lle gusta nada baixar a por auga precisamente por iso, pero Genet devece por escoitar as historias. Grazas a elas sabe que houbo un tempo en que veu xente refuxiarse na montaña porque na chaira corrían coma lesmas os tanques e as balas. Aló chegaban homes feridos e outros que fuxían. A elas tanto lles daba: se tiñan algo de comer compartían o que houbese e se non, víanos seguir correndo pola montaña. As mulleres máis vellas, das que había moi poucas xa, lembraban con igual indiferenza outras guerras que aconteceran aló na chaira, e outros homes que viñan buscar acubillo, e outros discursos, mais alá pouco importaba todo aquilo. Os réximes cambiaban coma as nubes, dicían as vellas. E Genet nin sabía o que eran os réximes, pero en calquera caso había que estar ben atentas á chaira porque dela viñan todos os males.

Mais cando máis atención prestaba era cando as mulleres contaban a historia da súa mai, que nacera no ano malfadado. No ano do que aínda cumpría falar en voz baixiña, non fose que volvese. O ano en que a morte visitara a montaña e viñera desarmada. Chegara coma unha sombra atroz e fea que espira de xentes non só a montaña senón a súa contorna e deixara un medo imborrable en todo o mundo que a padecera de lonxe ou de preto. A morte enchera os estómagos de aire e pegara a carne aos ósos ata facer caer derrotadas as persoas. As mulleres tapaban a boca lembrando os corpos sen vida que ninguén tiña forza de soterrar e a agonía de non comer reflectida no espasmo dos músculos cando queren pero xa non poden.

As descricións eran tan vívidas e atroces que Genet soñaba ás veces con corpos esqueléticos e moribundos e sabía que só había que ter medo desa morte baleira e escura que comía as entrañas.

Aquela morte comezara, claro está, polas leiras. As leiras que ficaban mudas e teimudas en matar o que lles botasen. As breves choivas de marzo, o *belf*, non caeran. Nin tampouco as de setembro e outubro. E as terras, por máis que se porfiase nelas, seguían en silencio.

Así que pouco a pouco o seu silencio foi seguido do bruar dos animais famentos e do estarrecer das tripas e dos estómagos baleiros. E na montaña morrían os primeiros meniños e persoas enfermas, mais o resto sabía que a morte chegara e non ía marchar en breve, así que algo había que facer. Por iso os homes sentaron e decidiron vender os animais, pero ninguén podía mercar. Así que os mataron e os comeron e con eles o futuro. E non quedou máis remedio que baixar á perigosa chaira tratando de buscar algo que levar á boca. Mais a morte baleira e escura tamén chegara á chaira. E menos comerse uns a outras nada quedaba. Así que o pobo enteiro foi asumindo a desesperada idea de esmolar nas estradas e seguir avanzando camiño ata chegar onde houbese algo que levar á boca, pois a morte ampla e baleira non puidera chegar a toda a terra, iso non sería de deus, e nalgún lugar debía haber algo para matar o burato fondo da fame. Así que camiñaron polas estradas coma unha santa compaña cada día máis decimada. Os mortos ficaban onde caían. Ninguén camiñaba que non fose de tan espectral comitiva. De socate, pouco a pouco, comezaron a aparecer algúns coches. E un certo día, abriron as portas dos coches e saíron xentes dunha cor insospeitada, xentes descoloridas mesturadas con xentes do país, con *habeshas* ben alimentadas. E erixiron fronteiras contra a morte, fronteiras onde dentro había gran, pero non todo o mundo podía entrar. E foi aí onde naceu Toiba, a mai de Genet. Porque a avoa de Genet, xunto cunhas poucas persoas elixidas do decimado pobo da montaña do que procedían, puidera acceder ao mundo do gran. E alí pariu a Toiba, que tiña dous anos cando o exército tomou o lugar do gran para levar pola forza en camións a máis xente. E unha muller branca escondeu a Toiba nunha maleta dende a cal viu como levaban berrando a súa mai a un camión do cal nunca ía regresar. E mesmo se Toiba era moi pequena, nunca esquecería ese momento. Cando por fin as cousas volveron algo ao rego e puideron regresar á montaña, Toiba botou a infancia negándose a avanzar alén das terras de cultivo por medo a que a levasen. E por iso non se achegaba nunca á vila onde seguían repartindo gran regularmente dende a gran fame baleira para que esta non regresase.

3

O pai de Genet e o resto dos homes botan longas tempadas abaixo, cultivando e deixando pacer os animais. Mais de cando en vez volven e botan o día sentados debaixo da árbore ou ela lévalles a comida.

Cando seu pai está na casa, porén, as cousas cambian. Cando chega, todo ten que estar listo, súa mai moe e moe o gran que carretou ao lombo dende as terras, cargar é sempre traballo de mulleres. Moe tamén os chiles, fai a *injera* despois de poñer a leña que previamente tivo que recoller e picar. O seu silencio semella ser máis fondo porque é o seu pai quen enche con ordes ese espazo baleiro onde ela e a súa mai se comunican sen problema. A Genet non lle gustan as noites que seu pai está na casa. Óelle dicir cousas feas, e ameaza decotío a súa mai con levala perante o consello, entre outras cousas por non darlle máis ca unha mísera filla. Genet pon na escuridade a mesma cara que cando lle doe o bandullo de comer terra se ten moita fame.

Nesas noites o silencio da súa mai faise aínda máis rexo e resistente, coma se fose de ferro fundido, e Genet sabe que polo menos as palabras do seu pai non poden penetralo. Só entón pode á fin durmir.

4

Hai xa días que Genet nota o ambiente preocupado na aldea. Nota iso e o furado do seu estómago crecer. As mulleres miran cara ao ceo e as vellas non se atreven a dicir palabra por se amentar o pasado puidese facelo revivir. Algo está pasando. A choiva non vén.

Ela non ten permiso para estar, pero agochada detrás das pedras pode escoitar a conversa dos homes que sentan debaixo da árbore no lusco e fusco.

—Teremos que vender o gando.

—Como a cousa siga así non queda máis remedio...

—Temos que buscar unha solución.

—A solución é ir buscar traballo onde o haxa.

Silencio preocupado.

—Se toda a aldea marcha, corremos o risco de rematar na fame baleira.

—Iso non acontecerá, agora traen gran á vila cada ano.

—Mais ese gran non chega.

—Daquelas?

Silencio reflexivo.

—Eu oín que noutras aldeas mandan as mulleres esmolar á cidade.

—Á cidade? A que cidade?

—A Addis Abeba.

—Mais iso está infinitamente lonxe! Como chegar ata alá?

—Non sei. Mais xa sabes o dito: as mulleres e as mulas todo o aturan. Levan algo de gran para vender polo camiño e logo piden esmola pola cidade. Polo menos son menos bocas que manter.

—Esmolar?

Silencio e só silencio.

—Estamos nunha situación desesperada. Terán que ir.

—Non hai máis volta de folla.

—Nós debemos quedar aquí por se cae a choiva e cultivar, coidando do gando que nos quede e se a cousa non mellora, matámolo e comémolo. As vellas non han de ir, así que elas poden cociñar.

—A min non me gusta a idea.

—Pois xa dirás se tes outra.

Quen cala outorga.

—Daquelas está decidido. Ao remate desta semana terán que marchar.

Dende detrás da súa pedra Genet torce o bico. Terán que marchar? Tamén a súa mai? E ela?

5

A conversa non puido nin considerarse tal en realidade. O seu pai comunicoulle a orde de marchar á capital e facer cartos para a familia e súa mai non se preocupou nin de deixar de darlle as costas mentres fedellaba co lume da cociña. Na pota non quedaba que comer, só unha pouca auga con pementa. As dúbidas de Genet quedaron claras cando o seu pai engadiu que debía levar a nena, que el non se podía facer cargo de manter esa boca e que ademais oíra que era máis doado esmolar se se levaban crianzas. Súa mai seguiu remexendo na pota a auga coa pementa. O baleiro do estómago de Genet, asentado dende había días de escaseza, comezou a xirar e xirar. Sentiu medo da morte baleira e de baixar da montaña e ver os corpos da xente, tal e como contaban as vellas. Así que foi onda a súa mai e arreconchegouse no seu silencio. Toiba non a mirou pero Genet viu nos seus ollos a ira incombustible do lume.

O día da marcha anúnciase sen palabras. Sabe que chegou porque o seu pai ergue a tapa do almacén de gran, ese furado fondo no chan que nada contén, e súa mai comeza a encher a cesta co nada que queda no fondo. Hai unha cesta máis pequena que Genet sabe que lle corresponderá levar ás costas. Por iso axuda co seu pequeno caneco de lata a encher as dúas. As mulleres axúdanse entre si a cargar coas cestas ao lombo, suxeitas por unha corda cruzada ao pescozo. O seu pai desaparece despois de abrir o almacén do gran e está claro que súa mai non ten o máis mínimo afán de despedirse. Genet nota o peso da cesta nas costas e o furado cada vez máis fondo no estómago. Pensa con medo nos cadáveres.

—Camiñaremos cara ao gran –di unha das mulleres e ela quere crer que é así. Se ese é o destino, non camiñará, abofé. Alancará.

6

A vila é o primeiro lugar onde tentan vender o gran. Obteñen poucos cartos. Mais abondos para viaxar ata a seguinte vila. E desa á seguinte. E da seguinte á seguinte. Co estómago baleiro excepto por algún anaco de pan. Da seguinte á seguinte ata que, xa sen gran e sen cestas, chegan á fin á Cidade. A unha Addis Abeba fría, de choiva e lama, que deixa a Genet case sen sentido. Todo é grande e hai xente e coches e máis xentes diversas. Hai, abofé, unha chea de cousas, mais ningunha é alcanzable para ela.

—Non te separes de min por nada do mundo –dille súa mai. E polo ton de voz sabe que non hai lugar a dúbidas.

As mulleres móvense sempre todas xuntas. «Que ningunha se separe» é a consigna que repiten unha e outra vez. Póñense nos cruzamentos e nas saídas das igrexas e estenden a man, coma se o fixesen de toda a vida, coma se fose tan doado esquecer de socate a dignidade das montañas que todo o dan e todo o quitan, coma se a viaxe as convertese noutra cousa.

Toiba é a única que semella seguir sendo a mesma, unha «arrogante» segundo lles oe dicir ás outras mulleres Genet. E ela non quere que súa mai sexa unha arrogante, pero tampouco parece que ás demais lles vaia mellor. Súa mai senta na porta da igrexa e estende a man, mais non mira a quen pasa. As outras mulleres intentan convencela de que percorra a rúa, argumentando que fará máis cartos.

—Polo menos deixa a Genet vir connosco.

Mais Toiba abanea con forza a cabeza:

—Diso nada.

Pola noite buscan refuxio pagando uns céntimos para non durmir na rúa. Todas teñen medo de durmir na rúa. E o medo é contaxioso, así que Genet tampouco quere ficar en canto a luz comeza a facerse pequena. Camiñan ata o refuxio cos zapatos rotos e buscan un recuncho entre a multitude de corpos amoreados. Toiba segue poñendo o *gabi* no chan e Genet acóchase ao seu carón.

Ás veces, pola noite, as mulleres falan.

—Como sigas así, vaste ter que dedicar ao outro. De que lle vales á túa familia?

Toiba contesta como adoito cun silencio, mais Genet, que finxe estar durmida ao seu carón, pode sentir a irritación no peito da súa mai.

—Dígoche que vas acabar mal como non te esforces.

—E ti vas acabar mal como non cales –é toda a contestación que dá súa mai, cortante coma o gume dunha navalla.

Genet non sabe a que se refire iso «do outro» pero sabe que hai algunhas mulleres que ás veces desaparecen con algún home nalgún calello e deixan as crianzas con Toiba. Logo volven desgustadas, abaixando a cabeza e recompoñendo os cartos debaixo do vestido.

Un día están no seu lugar habitual e Genet ten necesidade imperiosa de mexar. Toiba sempre lle di que vaia a algún calello, pero a ela non lle gusta. Non está afeita a que haxa tanta xente ao arredor, sente un pudor que non notara na vida, en todos os seus anos de campo da montaña.

Este é o único momento en que súa mai lle permite afastarse e semella estar sempre contando polo reloxo. É a única escusa que pode poñer para choutar por aí, se ben a diario teñen que andar longos percorridos para chegar ao refuxio onde dormen e ademais Genet non sente a forza doutrora polo sangue nin os azos de choutar que tiña na montaña. Por iso cando quere ir mexar non quere ir a un calello porque lle dá vergoña, e ao tempo quere ir para poder moverse, polo que adoita ir choutando sen parar. Desta volta Genet ve outra das mulleres da aldea meterse por unha ruela e pensa que se cadra coñece algún lugar bo para o asunto por aí, así que vai atrás dela asexando sen ser vista. A muller métese aínda por outro calello e Genet séguea. Alí hai un home que agarda diante dunha das pequenas caixas de metal que fan de pequenas tendas. Genet xa sabe que a muller non vai ao baño, pero a curiosidade é máis forte e senta a carón dunha das paredes, onde atopa un burato. Dende este pode ver como o home está enriba da muller, á cal lle levantou o vestido, empurrando nela sen sentido. Genet ten visto animais facer cousas desas. Non sabía que os humanos tamén se dedicasen a iso. Dende o burato pode ver a cara revirada da muller, chea de noxo, mentres o home fedella co seu corpo ata que de socate para como exhausto. Fura nela aínda un par de veces máis, xa sen forza, e logo érguese pechando os pantalóns. A muller segue tendo o mesmo xesto. O home saca un billete do pantalón e dállo á muller. Esta sae e cospe no chan. Logo veraa mercar un paquete de galletas do que ela non comerá ningunha. Genet decátase de que se lle pasaron totalmente as ganas de mexar. Ten medo e só quere volver a carón de Toiba. A partir dese día perde a vergoña de mexar diante da xente que pasa. O único que lle importa é estar preto da súa mai. Agora cambiaron as tornas e é ela quen non pensa perdela de vista porque non quere que acabe nun calello cun home que lle foce enriba e a faga infeliz a cambio dunhas galletas.

7

Os primeiros días en Addis, Genet sentira o mundo alleo e frío. Mais Addis tamén é unha montaña e daquelas non bota en falta a altura, pero si o gusto de mirar dende o bico. Os días, aínda así, van pasando, vaise asentando unha certa rutina de erguerse pouco antes de saír o sol, coller as cousas e marchar para diante da igrexa. Súa mai, dun xeito ou doutro, sempre merca comida unha vez ao día e o burato do estómago vaise facendo algo máis pequeno, se ben non chega a desaparecer nunca.

Súa mai merca pan polas mañás e outras veces un pouco de *injera* que van comendo ao longo do día. O resto das mulleres dispérsanse e reúnense con elas pola noite. Por veces falta algunha e as demais deixan ver a preocupación nos seus rostros.

E de socate, sen previo aviso, un día Toiba ponse en pé. Genet vai perseguindo unha señora pola beirarrúa, pedindo sen afastarse moito, cando ve a súa mai camiñar en dirección ao interior da igrexa. Non sabe que lle puido dar. Súa mai non entrara nunca na igrexa. Genet deixa de perseguir a señora e diríxese ao interior. Súa mai está aínda na porta, con medio corpo dentro e medio corpo fóra.

—Non quero pedir nin que me dean as cousas gratis. Quero traballar –óelle dicir, mais non ve con quen fala, é alguén que fica dentro.

—E onde has vivir? –é a voz dunha muller.

—Onde sexa. A miña filla e mais eu durmiremos en calquera recuncho.

—A túa filla? –a voz amosa reprobación.

—Si. Só ten cinco anos.

—Pois abondo había de ter cunha muller como para máis tamén unha filla.

—Traballará.

As dúas voces quedan en silencio.

—Na parte de atrás temos un cuarto para a criada. Podes vir de proba unha semana, pero se non traballas ben ou a nena amola, fóra as dúas, entendido?

E Genet ve como súa mai garda un anaco de papel. Ela non ten nin idea do que é. Súa mai tampouco sabe ler, pero gardou o papel igual. Se cadra é un billete. En calquera caso, cal era o significado de todo aquilo? A onde ían ir? Non sería xa tempo de volver? Como sabelo? Sen entender nada, Genet agarda a caída da noite a carón da súa mai, que volve sentar nas escaleiras da igrexa en canto remata a estraña conversa.

Esa noite, por primeira vez, nin Genet nin súa mai fican co resto das mulleres. Cando empeza a baixar a luz e as mulleres aínda andan de esmola, Toiba érguese por fin do seu recuncho, colle a Genet da man e indícalle cos ollos que non diga nada. Se cadra vai buscar un lugar onde ir ao baño. Genet non entende ren, mais coñece abondo a súa mai para manter a lingua parada na boca. Súa mai dá a volta pola rúa de atrás da igrexa. Entón empeza a camiñar cada vez máis rapidamente e Genet sente a brisa na cara e coma se os seus pés se fosen erguer do chan. Non sabe onde van, pero aos pés semella darlles igual, ela só quere sentilos moverse veloces mentres a terra pasa por debaixo das solas dos seus zapatos de goma. En certo momento, os seus pequenos pés deixan de moverse e á fin mira a súa mai á cara. É xa noite e na rúa hai só a luz que provén das tendas e dos locais. Súa mai semella perdida, como ventando o aire que non corre, pensando de forma intensa. Entón é cando Genet despista a mirada uns minutos da face da súa mai e por primeira vez ve a cidade lonxe da esquina da igrexa. Observa como detrás das luces hai rostros de persoas que non se parecen a elas máis que en certos trazos básicos. Xente que sorrí, homes e mulleres e mozas e mozos con outras roupas, outras vidas, que beben cousas de cores e «cafés macchiatos», que non sentan nun tallo pequeno para torrar os grans cada vez que van facer o café, imprescindible a cerimonia completa. Por primeira vez decátase de que a cidade agocha outras vidas. Quen sabe se algún día ela poderá probar tales beberaxes. Nese mesmo momento non sabe nin cara a onde vai, mais a súa mai parece recuperar o sentido da dirección e avanza con ela por unha das rúas ben empinadas da cidade cara a unha nova montaña habitada por esas persoas acabadas de descubrir e as súas luxosas casas con altas cancelas.

1

Seméllalle por momentos incrible, coma un soño do pasado, un verde soño do pasado, a vida que levaba na montaña. Segue vivindo nunha, a de Addis Abeba, mais nada é igual e se cadra o esquecemento é á fin inevitable. Afaise. A vivir nun pequeno cuarto de teito de lata que se anega cando chove (e chove, e chove, e chove) e que ferve cando vai calor. A atender a familia que vive na casa, a coñecer as rúas e facer mandados. Cando se dá conta, esa nova vida enguliuno todo e xa nada lle falta nin lle parece fóra do normal. Non pensa no seu pai, nin nas mulleres que deberon volver camiñando e gabeando polas abas e polos camiños, non pensa na fonte nin nos dedos que tocaban solitarios o ceo, lonxe de perigos. Pensa só no que ten diante.

Semella este un mundo cheo de moitas máis posibilidades, mais ás veces, cando é de noite e se deita a carón da súa mai no chan non sabe se é realmente así ou máis ben todo o contrario. Bota en falla o aire fresco do cumio e a liberdade de estar sempre a salvo.

Súa mai rara vez sae da casa. Rara vez fala máis do necesario. Non ten tempo. Está todo o día traballando para «a señora» e a súa familia, enredada coas súas roupas, coas súas *injeras*, e *wat* e *kitfo*, con ir buscar auga, fregar o chan, mil e unha tarefas sen fin. Non é que ela estea ociosa, precisamente é o seu traballo ir facer mandados, percorrer as rúas, negociar coas vendedoras das esquinas, buscar quen empaquete a comida para o fillo e as fillas que ten vivindo no estranxeiro e que multiplican o traballo ata o infinito cada vez que veñen de visita; semella que non poden marchar sen uns anacos comestibles do fogar. Ela debe facer sempre as cousas o máis axiña posible porque o traballo dunha casa nunca remata. E ademais, se ten algo de tempo, sempre pode vender uns panos de papel ou unhas gomas de mascar e sacar algúns cartos necesarios para a súa mai. Por iso corre. Corre polas rúas arriba e abaixo, distancias imposibles que lle enchen o corpo de humidade. Mais non lle importa porque nada lle gusta máis ca iso.

Addis é un monstro sen forma. A cidade ábrese e péchase sen dar explicacións. Fóra das avenidas principais o aire corre entre pedras, seixos e calellos estreitos. As casas de lata acollen centos de vidas. Súa mai di que tiveron sorte de poder ir traballar nesa casa, grazas á mediación da igrexa, que polo menos están «dentro», ou sexa, detrás do muro que rodea o chalé, a salvo, e que teñen un cuarto para as dúas. A ela tanto lle ten porque polo xeral está fóra e cando está dentro vive no patio, axudando a súa mai a moer o *teff* para facer as *injeras* cos sacos que ela, Genet, trae ao lombo dende o bico da rúa, onde para o camión. Tamén trae a leña que se precisa para acender o forno e quentar a prancha onde se estende a masa. E así van saíndo, *injera* tras *injera*, coma amplos e acedos freixós. A Genet gústalle ver como se estende a masa na prancha, gústalle notar nas ventas o olor pastoso do gran. Elas teñen asignada a súa ración de *injera* e ela, dende a época da fame, sente sempre a ameaza do estómago baleiro e nunca se sente saciada. Cábelle sempre algo máis. Claro que *injera* e media tampouco pode saciar a ninguén, sobre todo se rara vez cata unha a carne para acompañala e ten que conformarse con algunhas verduras ou como máximo un pouco de *shiro* que a súa mai cociña nun pequeno forno de queroseno que debe ter conta de non usar demasiado. O queroseno é moi caro e custa conseguilo, cada día máis.

Cando Genet chega de percorrer Merkato con todo o seu ruído e ir e vir de coches e persoas, ás veces ten que entrar na casa da señora a deixar as provisións. A señora ten un deses longos nomes da xente máis ou menos importante e Genet sabe ben como comportarse nesas circunstancias. Peta na porta e agarda que a manden pasar. Polo xeral non lle fan moito caso, deixa as cousas e marcha. Mais neses breves intres ten tempo para botar unha ollada, para albiscar aquelas cousas que nunca alcanzará. Un sofá. Unha cama. Unha televisión. Unha neveira. Cada un deses elementos fican asociados de forma clara na súa mente a nomes de lugares que sabe que endexamais pisará.

Mais no fondo a ela tanto lle ten, sempre e cando poida percorrer a cidade ao seu aire e dominala baixo os seus pés sen interrupción, libre, co fino aire a entrarlle e saírlle das ventas, a facerlle o corazón latexar.

2

—Ata o aire un día terá prezo –di de cando en vez súa mai, sobre todo cando Genet lle dá conta dos cartos que fixo vendendo panos de papel e en que os investiu.

Se ben sabe que súa mai non fala precisamente diso, ela é consciente de que o aire xa ten un prezo, polo menos para ela. Porque para poder correr libre polas rúas ela tivera que pagar un ben alto, un prezo que a señora lle recomendara á súa mai «pola súa seguridade»: o seu cabelo.

—Deixa que crean que é un rapaz o máis tempo posible –oíralle dicir á señora, que adoitaba ser unicamente unha voz–. A vida é máis doada así.

Genet apertara os dentes e calara.

—Só tes que dicir que te chamas Solomon, de acordo?

Genet non puido asentir porque súa mai se ocupaba xa de facer que o seu cabelo caese sobre o chan do patio.

—Mai –Genet fala por fin baixiño–. Entón así estarei a salvo, como na aldea?

Toiba detén a acción das súas mans uns intres e finalmente contesta:

—Ninguén está nunca a salvo –Genet pecha os ollos, aterrada, os seus escasos dez anos pesados no lombo do que está por vir–. Mais mentres eu estea aquí, darei a miña vida por protexerte.

Genet apértase contra a súa mai. Sabe que non debe ter medo nunca máis se ela está ao seu carón. Non sentirá xa as súas mans a facerlle as trenzas con coidado ao estilo de Wollo, pero levará con orgullo o nome de *Solomon* porque sabe que, se ela o di, será para o seu ben.

3

—Mira, Genet! –a súa mai case nunca fala con tal animación na voz. Aínda así, o seu ton é baixo.

Genet acaba de chegar da rúa e súa mai abre a man na que leva os billetes. Normalmente non lle dan tanto diñeiro, mais está claro que o aninovo fixo o seu efecto.

—A señora deume hoxe un extra –dille satisfeita–. Por que non vas e mercas algo de carne?

Carne? De cando en vez a señora dálles sobras da casa, pero non é a miúdo e nunca é comida fresca. Genet xa malamente recorda os sabores intensos, o sabor da vaca, a súa manteiga e unto a desfacerse na boca. Non lembra o sabor crocante dos *tibs*, ou a intensidade picante do *doro wat* nas festas. A Genet fáiselle auga na boca só de pensar en tales manxares. Así que apaña os cartos sen dubidalo e alá colle camiño de Merkato, na procura dun bo carniceiro. Merkato queda ben lonxe, mais a ela nunca lle pesan as distancias. Ás veces outras nenas e nenos da rúa preguntan, cando recolle os *birr* de vender panos de papel ou gomas de mascar, por que non vai nun taxi colectivo, o medio de transporte máis habitual en Addis. Mais ela négase. Sabe que pensan que é por cobiza, por aforrar mesmo uns céntimos, pero a verdade é que pouco ten que ver con iso.

Mentres corre, pode observar a cidade. Pode recuperar a sensación de fráxil seguridade que algunha vez tivo. Ninguén ataca unha persoa que corre veloz, ninguén interpela, ninguén pide. Así que ela pode observar os coches, o boureo, os postos, a xente diversa, e chegar ao seu destino sen atraso, sen aglomeracións, sen ter que sentar con outra morea de persoas coma sardiñas nunha lata. Iso si que non o aturaría. Non atura os espazos pechados.

Hoxe, ademais, corre coa ledicia das pingas da choiva sobre o chan. O aninovo celébrase no mes de setembro, no seu país onde os calendarios e os reloxos teñen outras vidas. A choiva nesta época non é tan dura coma noutros momentos, así que baila coas pingas sen preocuparse e avanza polas rúas pinas da cidade cara ao destino. Por iso se cadra non se decatou de que alguén a segue, ou esa foi a conclusión que tirou ao chegar á carnicería e por fin parar. Ao seu carón, un home vestido de chándal tócalle o ombreiro.

—Sempre corres así?

Ela sobresáltase. Os homes non lle gustan, non quere chamar a súa atención, por moito que todo o mundo pense que se chama Solomon. Así que non contesta e segue de costas a el sen máis.

—Como te chamas? –ela négase de novo a contestar–. A ver, non teño intención de che pedir nada –Genet sabe que non hai que fiarse das palabras bonitas–. Nada máis te vin correr e fiquei abraiado. Son adestrador de atletismo e había moito tempo que non vía un neno correr coma ti.

Genet virou para observalo. Levaba un chándal verde e amarelo e o seu rostro semellaba amable mais... quen sabía?

—Nada máis che quería dicir que adestramos nenos da túa idade, de seis a oito da tarde. Se queres vir un día, estamos en Meskel Square.

E sen máis marchou, deixando a Genet lista para mercar a carne e fondamente confusa. Adestrar? Que significaba esa palabra?

4

Ela era libre de andar pola cidade como quería, ou mellor dito, correr. Así que non lle custou ningún traballo achegarse a Meskel Square o día seguinte para ver que era aquilo de adestrar. A praza estaba preparada para as celebracións do *meskel*, que Genet coñecía xa do tempo pasado en Addis. A praza xigantesca enchíase de xentes que viñan cargando coas súas cruces, a luz da cacharela e as margaridas amarelas. A primeira vez que vira as celebracións volvera preguntándolle a súa mai por que facían tal cousa. Toiba nada máis botara unha gargallada e contáralle a historia da celebración do *meskel*, que significaba «cruz» e de como Nigist Eleni, a mai do emperador Constantino, atopara a cruz de Xesús Cristo facendo unha cacharela xigante. O fume subira ao ceo e logo regresara á terra para indicarlle onde fora soterrada e resultou que un anaco estaba na igrexa de Gishen Mariam, non moi lonxe da súa aldea, na montaña. Toiba explicoulle que as xentes de Addis facían aquel teatro para celebrar algo que non lles pertencía, algo que era propiedade do pobo que vivía alá no alto. Toiba contáralle que había moita xente que peregrinaba á igrexa de Gishen Mariam.

—Entón ti fuches? –preguntaba ansiosa Genet, contenta de que súa mai se dignase contarlle unha historia así.

—Eu? E a que ía ir? –Toiba regresaba coa pregunta ao seu humor habitual–. Se deus quixese algo comigo xa viría verme el, non cres?

E Genet notaba o resentimento que a facía calar, o desinterese ante cousas que parecía mover o resto da humanidade (deus, a igrexa, os xaxúns, os ritos) e aferrábase ao orgullo da súa mai como única relixión.

En calquera caso, hoxe estaba en Meskel Square por unha razón ben diferente. Quería observar. Así que se acochou ben nun lugar dende o cal poder observar os chanzos da praza sen ser vista. Non ía pasar aló todo o tempo do adestramento aquel, non podía ser tan interesante a fin de contas, e ela tiña cousas que facer, mandados e panos que vender, cartos que levar á casa.

A verdade é que non era a primeira vez que se fixaba naquela morea de xente que se dedicaba a correr e «facer cousas raras» pola ampla extensión da praza. Ela non entendía por que corrían en círculo, non tiñan onde ir? Púñanse a subir os chanzos a toda velocidade, ían sen xeito dun lado para outro. Non ía negar que ela tiña curiosidade por probar, pero nunca se atrevería porque tiña que facer e ademais porque non quería ser interpelada por ninguén. Aínda así, observa os movementos e tamén aquel home que, polo que parecía, dixera a verdade. Aló o estaba, dirixindo un grupo de nenos e mozos que facían estraños exercicios.

Cando se deu conta, Genet mirou o ceo e soubo que pasara demasiado tempo. Sóuboo tamén porque os nenos comezaban a recoller as cousas e marchar. Levaban bo calzado e boa roupa. Suspirou pensando como sería o seu tacto e se realmente unha podería andar ben, xa non digamos correr, cos pés alá metidos. E que máis tiña? Ela agora tiña que coller camiño da casa correndo e tentar vender algúns panos nos atascos de Sidist Kilo, na saída da Universidade. Súa mai dixéralle de mercar un aguacate e sabía que non tiña cartos abondos. Moito menos para engadirlle un pan, por pequeno que fose. Así que non agardou máis e botouse a correr. Detrás súa oíu unha voz:

—Ei! Viñeches!

Era de novo aquel home. Mais non tiña agora tempo para el, así que non se detivo.

—Voute ter que perseguir correndo por toda Addis? –recriminoulle cando parou na entrada da Universidade, sen folgos–. Mira que xa vou maior, non che dou o ritmo. Na vida vin cousa ao paso.

Ela non podía volver saír correndo porque estaba xusto vendendo os poucos panos que lle darán uns cartiños para o aguacate.

—Que queres? –dille finalmente, resignada a que a siga mentres ela tenta venderlles panos ás mozas que soben nos taxis colectivos, pequenas furgonetas azuis que paran xusto diante da porta da Universidade. É un edificio precioso pero non se pode entrar. Na porta hai un garda e só permiten acceder co carné de estudante ou algún permiso especial. A ela quédalle ver os xardíns dende fóra.

—Quero que veñas adestrar. A túa resistencia e velocidade hai tempo que non a vía. Dende o tempo de Bikila, e que me perdoe Gebrselassie, non vira cousa ao paso. Tes capacidade para correr, poderías deixar esta vida.

—Quen é Bikila? –pregunta Genet como única contestación.

—Pero neno! Ti es etíope e non sabes quen é Bikila? –Genet encolle os ombreiros–. Un dos nosos heroes nacionais. O etíope que gañou o maratón descalzo no ano mil novecentos sesenta!

—Descalzo?

—Si, pero non teñas conta que ti podes ir calzado –o home míralle os pés, que leva dentro dos seus zapatos de goma rotos–. Se fas boas marcas, podes entrar nun equipo e competir, poderás ter unhas boas botas.

Genet escoitou con desconfianza e coas palabras da súa mai sempre presentes. As que advertían contra estraños e as que advertían contra quen prometía riqueza con facilidade. Unhas botas!

«Non hai carto que non se traballe» dicía ela sempre, teimuda. E Genet estaba convencida porque a ela custáballe ben cada *birr*, custáballe correr dunha punta a outra da cidade, e que lle berrasen e que a insultasen a miúdo. Custáballe calotar a xente para que lle mercase panos ou goma de mascar e había días en que a xente quería e outros non. E días en que tiña un pesado distraéndoa!

—Todo moi bonito. Pero eu teño que traballar.

—Entendo... Mira, fagamos un trato. Se ves mañá por Meskel Square mércoche toda a mercadoría que leves e ti fas as probas que eu che diga, que che parece?

Genet fitou seria.

—Pensareino.

—Mañá ás catro agárdote na praza. Dáme agora un paquete, anda.

Genet ofrécelle os panos, o home dálle os cartos e ela marcha correndo mercar o aguacate e reunirse co mozo que lles subministra os panos de papel. Tiña que pagarlle o que vendera hoxe para que lle dese mercadoría para o día seguinte. E para o día seguinte quería todos os paquetes que tivese. A ver se o señor promesas era quen de mercar todo aquilo. Genet sorriu para si e seguiu correndo para volver cruzar a cidade unha vez máis. Cando o traballo estaba feito, cando pagara o do día e collera a nova mercadoría, era a mellor recompensa: correr sen preocupación cara á casa, simplemente respirando e sentindo cada músculo ata chegar á choupana de metal onde podía por fin comer algo e durmir exhausta. Pouco máis eran os días e a vida ca iso.

5

—Aínda non me dixeches o teu nome.

—Solomon –contesta coa habitual seguridade.

—De acordo, Solomon. Un trato é un trato.

Genet puxéralle diante polo menos quince paquetes de panos e dez de goma de mascar, ademais de cinco de galletas. Aquel home non tivera reparo en sacar un feixe de billetes do peto e darllos na man. Genet ficou coa boca aberta. Levaba enriba todos eses cartos? Que incauto! Mais axiña pechou a boca e gardou o feixe no peto interior da roupa que lle cosera súa mai.

—Eu chámome Abebe, por certo. A ver, a ti gústache correr, non si?

Genet non pode evitar asentir con todo o corpo. Mais non é iso exactamente. Non é que lle «guste», é unha necesidade vital, igual que beber e comer. Mais non ten gana de contarlle tantas cousas a este descoñecido.

—Se viñeses acó cada semana, correrías máis e mellor.

—Máis e mellor? Para que?

Abebe bota unha gargallada.

—Para competir!

—Competir?

—Si, correr contra outra xente, gañar e facer cartos.

—Pódense facer cartos correndo?

—Si, pequeno, pódese.

Genet quedou un intre pensando. A quen se lle puidera ocorrer tal cousa? Agora entendía toda esa xente que facía cousas raras na praza e aquela coa que se cruzaba, a que ía correndo sen destino. Corrían para facelo máis e mellor! Para facer cartos! Non estaba moi segura de que iso fose certo, moito menos de que pensaría súa mai de tal asunto. Pero aínda así seguiu escoitando.

—Tes moi boas aptitudes –non entendeu que era iso pero parecía importante–. Se adestras, chegarás moi lonxe.

Genet asentiu, non pode desprenderse da desconfianza innata que leva no sangue. Nada máis quere empezar, que lle dea algo que facer.

—Entón como é?

—Podemos facer algúns exercicios e logo tento cronometrarte.

Genet novamente non ten idea do que é iso pero tanto lle ten. Observa como Abebe saca unha especie de reloxo do peto e comeza a fedellar nel.

—A ver, imos comezar co quecemento. Quero dicir, que deas un par de voltas á pista, pero sen correr moito, e logo xa che digo que máis facer.

A Genet dálle a risa e bótase a correr. Un par de voltas? Vaia parvada. Fainas a toda velocidade porque quere pasar a outra cousa.

—Xesús! Xa acabaches? –Genet sorrí nada máis–. Moi ben, a ver agora as escaleiras. Fai unha serie de cinco. Subir e baixar cinco veces. Logo descansas e fas unha de dez e logo...

Non pode acabar de explicar porque xa Genet vai escaleiras arriba.

—Pero colle folgos, home!! Que demo de pequeno! –rosma Abebe.

Genet fai as quince series sen parar e cando chega de novo onda Abebe baixa rindo como dicindo: «Isto é todo?»

—Xa vexo que tes gana de traballar, iso está ben. Vexamos a túa resistencia. Vou deixar que corras quince minutos. Pensa que tes que regular a túa foza, que se vas moi rápido axiña cansarás.

Genet asente. Vaia novidade. Coma se a esta altura non soubese tal cousa. Mais ela quere demostrar que se pode correr rápido. Ademais, que son quince minutos?

—Quince minutos é como ir de aquí a Piazza ou a Merkato?

Abebe míraa confuso e logo sorrí. Como de aquí a Arat Kilo pero correndo ben. Genet asente. Non ha ser tanto.

—Comezo? –di decidida.

Abebe colle o seu reloxo e por fin asente.

A sesión fora divertida. Genet non quería que rematase. Ao final Abebe dixéralle que tiña que «estirar», o cal consistía en poñerse en posturas raras para que non che doese logo o corpo, segundo lle explicara. Genet riu nada máis pensalo. O corpo doe porque o tes, se non estás morta! Pero aínda así puxo as posturas porque lle facía graza.

—Solomon –dille finalmente Abebe, que tamén lle dá auga dunha botella–, deberías considerar isto en serio. De verdade queres seguir vendendo panos?

Genet mírao enrabechada. Que pregunta é esa? Quen podería querer seguir vendendo panos? Este tío é parvo ou que? Pero había que comer. Ela e súa mai teñen que comer. E logo estaba o outro... que ela non era Solomon, era Genet. E naquela altura xa sabía que moitas cousas que as mozas podían facer se supuña que non debían facelas... Ela vira mozas correndo pero quen sabía se Abebe a ía atopar tan fantástica cando descubrise a verdade.

—Mira, por que non vés aínda que sexa un día á semana? Nada máis un día. Dentro duns meses hai campionatos infantís, poderías participar... Que anos tes?

Genet encolle os ombreiros. Non sabería dicir.

—Doce? –aventura Abebe.

Genet volve encoller os ombreiros. Podería ser.

—Ti ven unha vez por semana que xa solucionaremos todo isto cando chegue o momento.

Genet asentiu. Como se saber a súa idade fose o maior dos seus dilemas.

6

—Que é o que che pasa os venres que sempre chegas máis cansa, tarde e con menos cartos, Genet? –súa mai é coma un can, non hai cousa que non cheire. A verdade é que os venres ás veces viña tan cansa de adestrar que nin sequera corría todo o camiño á casa. Camiñaba por partes. Camiñaba! Tomaba ás veces nada máis un té e ía para a cama.

Se cadra non era só iso, se cadra súa mai oíra falar algunha das crianzas da rúa, algunha das que vendían con ela. Se cadra lle mencionaran que os venres Solomon non andaba con elas.

Genet púxose nerviosa de inmediato. Non quería contarlle aínda a súa mai o que acontecía porque primeiro tiña que arrombar ela mesma os seus pensamentos.

—A que andas, Genet? Non andarás metida nalgún problema? Non viría algún home falar contigo?

Súa mai debía de ter poderes. Ou oídos en todos os lugares... Si, viñera un home falar con ela mais... Era iso un problema?

—Genet?

Sabe que súa mai non ha deixar a cousa estar.

—Os venres vou adestrar a Meskel Square –a mirada da súa mai amosa incomprensión–. Correr.

—Correr?

—Si, correr –e por fin lle explicou a súa mai todo o que acontecera, de principio a fin, correndo tamén o máis posible na historia para non ter que dar demasiados detalles nin contestar moitas preguntas.

Campo ao través

1

—Xa está! –Abebe comunícalle orgulloso que fica inscrita nos campionatos de atletismo xuvenil. Inscrito. O que sexa. Con cada día que pasa Genet séntese máis incapaz de dicirlle que non se chama Solomon. A ficha, en calquera caso, é pura ficción. Pon que ten quince anos e que é de Addis Abeba. Os anos son necesarios para competir e o resto, quen sabe.

Abebe está tan emocionado que non se atreve a dicirlle nada. As últimas semanas pediulle que fose dous días adestrar. Súa mai dixo que se amañaría. Moi ao contrario do que temera, Toiba non lle rifara por andar correndo no canto de traballar.

—Ti queres correr? –preguntáralle. Ela asentira–. Ata os pobres temos dereito a ter algunha diversión –concluíra. Genet quedou pensando cal sería a súa.

Ademais, estaba preocupada por todo o demais, pola carreira e porque descubrira que había que pagar unha inscrición e ela non tiña cartos.

—Pagarei eu. Só desta vez, si? –dixéralle Abebe. Mais ela sabía que iso non era xusto porque había outros nenos que seguro que tampouco daban pagado. Por outra banda, dicirlle a súa mai que precisaba diñeiro para algo así... Era un luxo nun ermo de necesidade.

Abebe explicáralle tamén que esta competición era importante porque estaba promovida pola EAF, a federación etíope de atletismo, e que reunía mozos e mozas de todo o país para que logo se integrasen en diversos clubs ou no equipo nacional (O equipo nacional! O soño de todos os nenos que corrían con Abebe).

—Que che pasa, Genet? –unha vez máis non pode evitar o sexto sentido da súa mai. E cando pregunta, non sabe outra que contestar.

—Abebe di que dan algo de cartos a quen gañe, pero non sei se gañarei –dixera finalmente, despois de explicar a situación.

Toiba mirouna un intre máis, cousa que puña a Genet fóra de si porque os seus ollos eran coma dous burís que sempre lle chegaban á cerna da alma.

—Imos facer unha cousa, Genet –dixo dirixíndose ao recuncho onde gardaba as potas–. Teño uns cartos aforrados, son ben pouca cousa, pero han chegar. Se gañas, recuperareinos e, se non gañas, imaxinarei que mos comeu un rato, si?

Genet non soubo que dicir.

—Mais, se gañas e hai algún carto máis, entón habemos de facer unha cousa. Hai tempo que quero, por iso aforraba, mais non me atrevía a comezar.

—Que queres, mai? –Genet está intrigada. Non pode comprender como fora súa mai quen de aforrar nada.

—Quero mercar algodón, fialo e facer *gabis* –Genet pensou no tacto cálido daquela manta dobre, na importancia de ter unha en cada casa para tornar o frío na noite ou mesmo para botala por riba á hora de saír á rúa–. A señora mercou un o outro día e, cando me dixo o que lle custara, fiquei pampa. Se podo facer *gabis* non teremos problema para inscribirte no que sexa e se cadra con algo de tempo poderemos mercar unha cama. O caso é que nunca me quería arriscar a meter os aforros niso por se te puñas enferma e precisaba os cartos para medicamentos, por se había calquera emerxencia.

Genet pensou que non en van súa mai proviña dun mundo onde unha nunca baleiraba de todo o fondo do almacén das sementes. Ata a chegada da morte, un gran era sempre un gran.

—O caso é mercar o primeiro algodón –concluíu.

Genet pensou que ademais diso estaba de onde sacaría o tempo. Súa mai traballaba na casa da señora todo o día ata que se deitaban. A señora pagáballe co cuarto e pouco máis. Genet sabía que súa mai tería que sacar tempo de onde non había para facer os *gabis*. Mais entón lembrou a súa ledicia cando os tecía alá na montaña, o lugar que xa tan remoto lle parecía. Se cadra era esa a diversión da súa mai. Así que asentiu e simplemente pensou que debía gañar como fose. Non podía perder.

2

Ao día seguinte Genet leva posto o uniforme do grupo de Abebe. Tanto o chándal como as zapatillas son emprestadas. Xa adestrara con elas as últimas semanas, Abebe dixéralle que era mellor así. Na súa cabeza repasaba todo o que el lle dixera. A competición era dentro do estadio e polo tanto consistía en dar voltas ao percorrido. Abebe insistira en inscribila para os 5.000 metros, turraba en que había que empezar polo principio, se ben ela estaba máis que disposta a empezar por onde cadrase. Sentía na boca do estómago un lume que non sabía como comprender. No estadio había xente. Iso si que era novidade. Xente que ía vela correr. Abebe dixéralle que non pensase niso, mais ela quería pensar, porque nunca tal cousa lle pasara, e se ben polo xeral corría para ser invisible, hoxe quería que a visen. Quería lembrar ben o adestramento, lembrar que non debía confiarse, que debía dosificar o esforzo (en 5.000 metros? Bah!!) e esprintar en canto vise a meta. Lembrou tamén como faría a saída e como tiña que facer para saber cantas voltas quedaban para a final. Abebe non deixara corda sen atar.

Colocada no seu posto pensa no aire da montaña, en todo o que deixara atrás, pensa nos cartos da súa mai, que non poden ficar comestos polo rato, pensa en que só lle queda tirar cara adiante. Por iso cando oe o disparo non o dubida. Deixa que o aire lle encha os pulmóns e lle faga bater as pernas con todas as forzas que ten. «Unha boa saída é o primeiro paso para chegar á meta», lembraba as palabras de Abebe nidias na memoria. Mais logo había que afianzar o ritmo.

Está dentro do estadio, que é enorme, e sente o aire dando voltas no seu interior, sente a xente que berra, a intensidade do ceo recollido sobre ela. Abebe explicáralle que tiña que ter conta dos contrincantes e por iso tenta non perder ollo do que a rodea, mais en realidade resúltalle difícil porque todas as súas enerxías están concentradas ben lonxe da vista e moito máis preto do corazón, que lle quere saír do peito mentres acompasa os brazos e o ritmo do seu alasar. Diante dela vai outro rapaz, non quere pensar nos que quedan atrás. Non pode deixar que haxa máis ca un e ese vaino papar en canto entre na última volta. Tal e como lle dixera Abebe. «Agarda á última volta.» Non o pode deixar escapar, non pode permitir que outro pase. Niso concentra as súas forzas mentres vai rexistrando as voltas que quedan. Pensa no algodón da súa mai e por fin entra na derradeira volta. Ao final está a liña de meta. Agora é o momento de desatar, como lle di Abebe, «o león». E ela non sabe se os leóns corren moito, o único que sabe é que vai sacar as forzas do fondo do estómago, como fai sempre, e alancar. Máis forte. Máis rápido. Alancar e alancar con todas as pernas que ten e oxalá tivese dúas máis. Pensa en correr fuxindo dunha hiena. En chegar á casa cos cartos. En fuxir da fame. En cada paso un anaco de distancia vai quedando atrás. «Voute papar» pensa na proximidade das costas que lle ían diante. «Voute papar, rapaz.» Nota a suor a correrlle pola cara. Mais ve con claridade. Ve que as costas se converten en ombreiro e que cando se dá conta non as ten diante. Catro alancadas máis e está do outro lado. Do outro lado onde xa non pensa nin oe nin sente nada que non sexa o latexar imposible do seu corazón que pide, pouco a pouco, unha baixada de ritmo.

3

—Nunca tal cousa se viu –Abebe insistira en coñecer a súa mai. Fixera como que non lle importaba entrar no cuarto de latón que fica no patio da casa da señora, lonxe da entrada das persoas importantes ás que el debe estar afeito. Por suposto, Genet sabe que haberá preguntas logo, que fai un home tal visitando a Toiba!

Súa mai mandara a Genet mercar café. Non podía ser doutra maneira. A pota do café era unha das poucas pertenzas que súa mai tiña, que trouxera con ela da montaña. Repousaba enriba do seu asento de palla, ben protexida, feita de arxila escura e gardadora de segredos inconfesables. Genet sabía que era o único que Toiba tiña da súa mai, o único que conservaba daquel fantasma que nunca coñecera. Como case nunca teñen visita, hai moito tempo que Genet non vía a súa mai celebrar a cerimonia do café. Está claro que as veciñas pasan dunha casa a outra para falar e beber o saboroso líquido, mais ela non ten tempo para socializar. Hoxe, porén, está contenta de poder torrar os grans e botar sobre Abebe e Genet o seu fume e boa esperanza. Ten preparados os flocos de millo nunha pequena fonte de palla e lavou con coidado os vasiños dos que beberán o café ben quente en canto estea preparado na pota que pon directamente sobre o lume. Sabe que a súa mai lle gustaría ter un bonito tapete e se cadra tamén un bonito vestido como corresponde á súa estirpe, un vestido branco de festa, bordado e anoado á cintura.

Mais a celebración de hoxe é co que se ten e para ela iso é o que conta.

Abebe levara a Genet á casa nun coche. Nun deses coches que ela vía cando vendía panos e dende o cal observou as crianzas coas que adoitaba reunirse e coas que debería seguirse reunindo a vender nas esquinas de Piazza. Sentíase moi estraña e encolleuse dentro do coche para que non a visen.

Unha vez que o café está preparado, comeza a conversa formal. Primeiro dan voltas ao redor de diversos asuntos nos que Toiba cala máis que fala. É así como Genet sabe por primeira vez que Abebe en realidade é médico. E que non cobra por adestrar, faino como «voluntario» para a EAF, no que chaman «programas de desenvolvemento da mocidade». El de novo tamén tivera aspiracións, pero padecera unha lesión e non puidera continuar. Todo isto era novo para Genet, porque no adestramento nunca se parara a falar con Abebe, xa non só por falta de tempo, senón por educación. Abebe non casara aínda, prefería botar o día coa mocidade e logo no traballo. Despois falaron da carreira e da importancia de que Genet –Solomon– adestrase algo máis, das boas expectativas de futuro que podía ter. Abebe tamén lle dixo con algo de pudor, que era importante que Genet –Solomon– comese ben. Toiba nada máis contestou:

—Faremos o que poidamos –e sorriu.

Abebe semellou satisfeito e despois de meter un par de flocos de millo máis na boca e rematar unha nova cunca de café, ergueuse para coller camiño ao coche. Xusto cando ía saír divisou unha pequena saia que

Genet puña á hora de durmir ou cando saía a lavarse á latrina do patio.

—Oh –dixo–, ten vostede unha filla?

Toiba sorriu e asentiu mentres Genet non sabía onde se meter.

—Se cadra Solomon pode traela ao adestramento. Se cadra tamén é boa corredora.

—Estou certa de que si –dixo sorrindo novamente coma unha esfinxe Toiba.

Cando Abebe pechou a porta, Toiba nada máis mirou para Genet, que non sabía xa por onde deixar saír o nervio, e non dixo nada máis.

4

Doíalle moitísimo o bandullo. Non era algo estraño. Ás veces era de fame, outras de comer algunha cousa xa en mal estado. Outras nin se sabía. Mais desta volta era unha dor distinta. Incorporouse no chan e notou algo viscoso entre as pernas. Non soubo moi ben que podería ser, mais non lle gustou. O caso é que tiña que se vestir porque hoxe ían subir ao Monte Entoto. Abebe explicárallo todo tan animado coma sempre. Tres mil douscentos metros de altitude, aí, dixéralle, vería se estaba en disposición de comezar a adestrar para maiores distancias. Non podía faltar! Mais ao ir á latrina e ver o sangue todos os seus pensamentos cambiaron de dirección. Ía morrer xa? Que acontecía? Entrou na casa alporizada.

—Mai?

—Que foi, Genet? –era aínda de noite mais Toiba xa andaba remexendo polo cuarto e preparándose para organizar o almorzo para a señora.

—Sangue! –e entón Toiba quedou un intre en silencio e logo botou unha gargallada que desconcertou totalmente a Genet.

—Tranquila que desta non morres. A que foi o que pensaches? –ri de novo e logo vai buscar un trapo que Genet sabe que garda para non sabe moi ben que. Ela seguía sen entender nada pero Toiba vaille explicando pouco a pouco o que acontece. A Genet parécelle a fin do mundo. Que vai sangrar cada mes? Quen poderá adestrar así?

—Entón non podo ir a Entoto? –insiste como tentando buscar probas do contrario.

—Hoxe non, nena –foi a resposta da súa mai que marchou acto seguido cara ao alpendre onde tiña que dispoñerse a preparar *injeras* para a señora e a súa familia.

Genet fica no cuarto sen saber como conter a frustración, a dor de bandullo e o resto de sensacións que lle pasan polo corpo.

Ao caer a tarde Abebe aparece pola porta da casa. Genet non o ve ao primeiro, óeo falar con súa mai, que estaba novamente no patio lavando a roupa da familia da señora. A través dos finos muros de latón escoita a súa voz alarmada.

—Pasoulle algo a Solomon?

—Se pode agardar a que remate con esta saia cóntolle –di Toiba.

Genet non pode crer a parsimonia da súa mai mentres ela está no chan remexéndose sen saber que facer nin onde meterse. Despois dun anaco de oír a saia entrar e saír das tinas da auga unha eternidade, Genet oe de novo a voz de súa mai.

—Vostede preguntaba o outro día pola miña filla, non é?

—Si... Pasoulle algo? Está Solomon con ela? Sei que non faltaría á subida de hoxe excepto por causas de forza maior.

—Causas de forza maior... si. Mire, voulle presentar a miña filla. Non ten máis que entrar na casa –di Toiba tan tranquila.

Abebe non entendía nada, mais aínda así franqueou a porta e topou a Genet metida debaixo dunha manta.

—Solomon! Estás ben? –dixo aínda sen comprender.

—Preséntolle a miña filla Genet –indicou Toiba coa man.

Abebe aínda tardou un anaco en comprender.

—Pero entón es unha nena?

Genet sabía que non podía mentir máis. Agora íalle ser moi difícil. Na voz de Abebe había unha certa incredulidade que Genet non entendía. Enfado podería ser, mais incredulidade... por que?

—Genet, como non me dixeches dende o principio que eras unha nena?

—Na rúa xa me afixera a ser Solomon. E... ademais... pensei que non me querería no equipo.

Abebe bota unha gargallada.

—Pero de onde sacas iso?

—Só adestran nenos...

—Iso é porque estabas no equipo de *nenos*, tarambaina! Para que gañou o ouro olímpico Derarthu Thullu se non? Ti dáste conta de que gañaches unha carreira que non era da túa categoría?

—Pois ben que os deixei a todos atrás, non sei para que queren tanta categoría.

Abebe botou outra gargallada.

—Tes razón. En calquera caso, terás que devolver os cartos porque foi unha vitoria fraudulenta.

—Como? –Genet, incómoda, incorpórase sen desfacerse da manta. Leva todo o día aí envolvida e xa non pode máis, aínda por riba agora isto! Estaría de broma, non? Os cartos onde ían! Súa mai mercara o algodón e andaba facendo un *gabi*, se ben xa tiña quen llo mercase por moito máis do que custara o algodón.

—Non pasa nada, Genet –dixera súa mai–. Pedirei que me adianten parte dos cartos do *gabi* e será suficiente para devolver o diñeiro. A próxima vez tenta non ter un concepto tan baixo de ti mesma e di a verdade.

Genet fica malhumorada, mais aliviada.

—E agora que pasa? Poderei seguir adestrando? –a preocupación reborda.

—E logo que pensas facer se non? Cortar as pernas? –Abebe ri–. Hai mellores métodos de pasar o período que cun trapo. Dicho un médico.

—Si? –Genet non coñece ningún pero se el o di, estupendo–. Cales?

—Correndo!

Genet mírao coma se tolease. Como ía correr cun pano entre as pernas? Abebe comeza a explicarlle as alternativas ao pano, o problema é que custan cartos así que decide usalas nada máis para adestrar.

5

—Ti es quen se facía pasar por un neno? –Meseret é unha das nenas coas que agora adestra, se ben Abebe non amosa ningunha variación de métodos cun grupo e co outro. Agora que se liberou da súa carga de silencio Genet séntese máis confiada á hora de falar coas demais. Aínda así, o seu é correr, non laretar. Repite os exercicios de forma sistemática, loita unha e outra vez contra o cronómetro. Sabe que as horas que ten de adestramento son preciosas. Para ela non hai nin un minuto máis.

Abebe inscríbea en toda canta competición hai; ás veces gaña e outras non, hai veces en que pode inscribirse e outras en que non. Sabe que súa mai fai un grande esforzo para poder conseguir os cartos, ela tamén tenta vender máis do habitual (con pouco éxito, iso si). Ata Abebe lle encargara a súa mai non un *gabi* senón dous!

—Non se pode resistir o frío desta cidade sen un bo algodón ben groso tecido ao xeito tradicional de Wollo –dixera.

—Vostede, aínda por riba de non cobrar, pensa en gastar os cartos mercándome *gabis*? –respondera Toiba seca.

Toiba non estaba disposta a que pagase, iso xa o sabía Genet.

O día que Genet por fin subira o monte Entoto, súa mai aínda andaba tecendo nos *gabis* para a inscrición nunha daquelas competicións. Fora por fin un domingo ás 5.00 da mañá, se ben ela xa viñera correndo dende a casa, uns quilómetros a maiores ata poñerse diante do Palacio de Menelik, o lugar onde quedaran para ascender os máis de trece quilómetros ata o monte, onde agardaba o campo ao través. Abebe acompaña o pelotón e a Genet sorpréndelle atopar tantas outras persoas que corren no medio da noite. Era unha subida complicada, con tramos de tremenda dificultade, coa canseira da semana e cos pulmóns buscando o aire reducido das alturas. Mais sabía que non ía parar. Que era crucial chegar á cima e a ser posible chegar das primeiras. Non era competición, mais Genet agora xa non precisa meta.

Ao chegar ao cumio a sensación de vitoria invádelle os poros coa recompensa dun espazo tranquilo e vivo, unha especie de regreso á orixe alá mesmo, a carón da cidade.

—Genet, fixeches un tempo estupendo –a rapaza sorrí sen poder evitalo–. Creo que axiña te imos ver facendo algo na *Great Ethiopian Run!* –Abebe marcha a falar coas demais mozas.

—Como corres! –dixéralle Meseret xa arriba.

Notábase que viña de boa familia. Dicíao o seu pelo de fermoso peiteado, as *shurubba* finas e arrecendentes a boa graxa. Dicíao tamén a súa roupa e sobre todo dicíano as súas zapatillas, que Genet observaba con aberto abraio. Eran simplemente supremas.

—Fago o que podo –contestara por fin.

—Pois xa nos prepararemos o día que fagas o que non podes! –Meseret ri e achégase a Abebe que está contando coma sempre historias de atletas, explicándolles o orgullo de proceder dunha estirpe de corredoras e animándoas a dar todo de si, a ser elas tamén un orgullo para o seu país.

Genet simplemente suspirou. A ela gustábanlle moito aquelas historias, mais non sabía se ela sería un orgullo para o seu país, o que si sabía era que nada podía substituír a sensación de correr. Libre. Coma o vento. Sen cancelas. Só ela, a terra, o aire e o seu corpo. Ata onde calquera deses catro elementos dese de si.

6

Había uns anos que o campión Haile Gebrselassie comezara a organizar a *Great Ethiopian Run*. Abebe por fin decidira que era hora de competir nos dez quilómetros e ademais na categoría que lle correspondía, a de mulleres. Genet non daba acougado. Levaba máis dun ano adestrando, memorizando o percorrido, sentindo a tensión invadirlle o corpo. En calquera caso, xogaba na casa. Porque as rúas que adoito percorría, comidas polo tráfico, ían ser hoxe súas. Correría polo medio das avenidas que tan ben coñecía, na compaña dunha morea doutras persoas. Non o podía crer. Así que non puidera pegar ollo.

Abebe explicáralles todo con detalle: o procedemento, a saída, os puntos de distancia e de avituallamento. Sabía que ían correr a medalla de prata dos xogos olímpicos, Ejagayehou Dibaba e outras estrelas do campo ao través. Mais a ela tanto lle tiña. Sentíase incapaz de conter a enerxía e choutaba dun pé a outro.

Cando viu chegar a Meseret coas súas zapatillas na man mirouna contrariada. Mais acto seguido dirixiu a vista aos seus pés e non ía descalza, levaba outros tenis diferentes. Genet ía correr cos zapatos de goma que eran os únicos que tiña, non houbera nese día quen lle emprestase outro calzado, todo o mundo que corría ía estar hoxe nas rúas.

—Toma –dixo Meseret estendendo a man–. Creo que che gustan e son do teu número, non? –e sorriu antes de achegarse a Abebe, que as estaba agardando para dar o último repaso ás cousas antes de saír. Genet non daba pechado a boca. Fíxoo só para poder poñer as zapatillas e achegarse ao grupo disposta máis que nunca a dar todo o que puidese de si.

Cando dan a saída Genet vese no medio dunha masa inxente de persoas. Nunca correra no medio de tanta xente e ao primeiro resúltalle molesto e desconcertante. Tanto ruído, tanta música, tantos brazos e pernas non a deixaban escoitar o latexo do seu corazón e o ritmo da súa respiración. Ata que pasados os primeiros minutos decidiu pechar todo aquilo e imaxinar que corre pola montaña para levarlle auga a súa mai, ou de noite pola silandeira Bole Road ata o aeroporto. Precisaba prestar atención ao percorrido, a xente paraba en calquera lugar, despistábase. Había quen ía máis de festa ca a correr. Mais ela tomábao en serio e sabía que non sería a única. Así que mantivo o ritmo, sen beber máis ca o indicado por Abebe, pousando os ollos nos indicadores de distancia para saber onde dosificar e onde apertar. Ata saber que quedaba só un quilómetro. Sóuboo porque a medida que ía avanzando a xente cada vez era menos. Sóuboo porque sentiu no corpo o lume que a tiña que levar máis rápido. Toda a carreira dúas mulleres foran diante, alternando a cabeza. Agora era o momento de deixalas atrás. Así que Genet colleu os folgos que lle quedaban e saíu do ritmo marcado que a puxera detrás delas durante os nove quilómetros anteriores. «Agora ou nunca», pensou. E as súas pernas responderon.

No último quilómetro esprintou alancando coma unha enxurrada de auga sen control ata deixar atrás, saberíao despois, a Teyiba Erkesso, medalla de prata de campo ao través, e á gañadora africana dos 5.000 metros, Eyusalem Kuma. Acababa de marcar un novo récord para a carreira, 34:18. Mais a ela todo iso tanto lle tiña, igual que tanto lle tiña a retirada da olímpica no último minuto e que todo o mundo lle pedise que repetise o seu nome «descoñecido». Na súa cabeza só tiña espazo para as palabras de Abebe:

—A vida vaiche cambiar.

E o seu orgullo contaxioso.

7

—Velaquí está o pequeno fenómeno –dixera nada máis entrar o adestrador da selección nacional.

Genet non soubo que responder. Aínda estaba abraiada co edificio en que acababa de entrar.

—Esta é Genet –indicou Abebe.

—Genet, es unha auténtica fera –ela seguiu calada, non sabía que se agardaba dela. Lembraba nada máis recibir a medalla do propio Gebrselassie, de ter unha sensación fonda de irrealidade. Tivera que falar con xornalistas –ben, o de falar era un dicir, máis ben calara e como os homes atraían máis atención conseguiu fuxir o máis rápido posible da man de Meseret, que danzaba ao seu arredor coma tola–. Uns días máis tarde, Abebe dixéralle que o adestrador da selección nacional quería vela. E alí estaban.

—Entón como che vai a vida, Genet? Tes un traballo?

Genet asente coa cabeza. En realidade seguía percorrendo as rúas coma antes, a pesar de ter xa posiblemente uns dezaoito anos que malamente aparentaba. Cada día resultáballe máis difícil vender e tiña que conformarse con facer os mandados para a casa onde traballaba súa mai, a xente prefería darlles os cartos a crianzas ben máis pequenas. En calquera caso, a súa cabeza estaba metida nos adestramentos e usaba cada minuto que podía para iso. Cando chegara á casa cos cartos da *Great Ethiopian Run* súa mai ficara coa boca aberta, coma se levase na man unha vaca enteira polos cornos, algo incrible e inaudito. Ver o seu sorriso pagáralle todos os esforzos.

—Imos comer carne moitos días –dixéralle contenta Genet. Toiba botara unha gargallada sonora como había moito que non lle oía.

—Certo. Pero se cadra era boa cousa mirar de gardalos nun banco. Heille de preguntar á señora que sabe desas cousas.

E fora así como por fin puideran mercar unha cama e comer carne e por primeira vez entraran nun banco. Tamén convidara a Meseret a unha desas cafeterías de Piazza que ela só vira dende a porta e comeran un anaco de torta e un zume de cores verde e laranxa (aguacate e papaia!). Meseret rira moito porque Genet dicía que gañara porque lle dera as zapatillas trucadas. E agora estaba aquí, noutro espazo luxoso onde nunca pensara que ía poñer o pé. O adestrador está falando con ela novamente.

—Gustaríache dedicarte a correr todo o tempo?

—E quen atendería a miña mai?

O home bota unha gargallada.

—Refírome profesionalmente. Cobrando. Non moito, que somos un país pobre, pero o suficiente para vivires. E a túa mai.

Genet fica muda un intre.

—Gañaría máis que vendendo na rúa?

O home ri de novo.

—Seguro.

—Teño que consultalo coa miña mai.

—Claro, Genet.

Cando levara os cartos á casa, súa mai dixéralle moi claramente que non pensase que ese diñeiro ía durar sempre, e que na vida había que seguir traballando.

Antes de marchar dá a volta aínda para preguntar.

—Adestrarame Abebe?

—Non, nena. Terás un equipo que traballará contigo. Pero xa verás como aprendes moito.

Abebe asentira cunha mestura de ledicia e tristeza.

8

A primeira vez que Genet puxera o chándal da selección sentírase investida dun estraño poder. Ou máis ben dunha estraña solemnidade. Sobre todo ao saír á rúa a adestrar. A xente miraba o seu grupo doutra maneira. Coma se fosen elixidas entre o resto de persoas que corrían pola beiravía. Algunhas veces aínda facían series en Meskel Square e vía a Abebe, que sempre a saudaba e ía falar con ela, para ver como estaba. Tamén a Meseret, que seguía con el, sempre sorrinte e xenerosa.

Achegábanse os campionatos do mundo de atletismo e o adestrador dixéralles que non podían perder un minuto. Para Genet todo era novo. As consultas co equipo médico, o ximnasio, palabras como *resistencia* e *velocidade*, *probas de esforzo*, *visualización*. Ela fai o que lle mandan, se ben ás veces está máis abraiada de que saíse auga quente do cano cando están adestrando nalgún dos centros que o equipo ten en diversos lugares que polas probas de campo ao través.

No medio de todo iso, as novas amizades e as caras de atletas que só lembraba dos discursos de Abebe e que agora estaban ao seu carón na pista. Alí estaba a realeza. Ela, ademais de adestrar, observábaas con atención, o seu xeito de correr e de moverse pola pista, o xeito de marcar o paso. Tiña que coñecelas ben.

E logo estaban... os mozos.

—Ti es Genet, non? –un día sentaba nas bancadas do estadio observando o equipo masculino facer unhas series antes de comezar o adestramento. O mozo mirábaa dende uns intensos ollos redondos e negros, parecía sacado dunha pintura. Ela notou que lle ardían as fazulas, e non ía sol–. Chámome Tamiru –dixo tendéndolle a man e saudándoa afectuosamente chocando os ombreiros, como era costume.

—Vinte o día da *Great Ethiopian Run* –o tempo pasara tan axiña para Genet dende aquela que xa case nin lembraba todo aquilo.

—Grazas –dixera sen máis Genet. Sentíase lixeiramente incómoda–. E ti non adestras? –di sinalando a pista.

—Estou lesionado –fíxase que o seu corpo non está de todo dereito, non apoia ben unha perna–. Por certo, sabes que xa me gañaches unha vez? –Genet mírao confusa–. Cando te chamabas Solomon.

Genet mírao por se se vai rir dela pero Tamiru nada máis sorrí e se despide acenando amable. Só cando está fóra do seu alcance, Genet sorrí tamén.

9

Dende que entrara no equipo a vida movíase entre a rutina e a rapidez. O tempo pasaba a toda velocidade zarrapicado de cando en vez por pequenos eventos. Se cadra o máis importante fora poder sacar a súa mai do cuarto de latón. Toiba por suposto arrepuxérase, non quería vivir da súa filla. Mais Genet soubera como convencela. Dixéralle que podería dedicarse a facer só *gabis* e non tería que andar todo o día detrás da señora. Así que agora vivían por fin nun espazo propio que seguía tendo unha latrina e unha cociña compartida para facer as *injeras* pero onde Toiba non tiña que preocuparse máis que de si mesma e de Genet.

Cando ía adestrar ao estadio atopaba a miúdo a Tamiru.

—Estou seguro de que has chegar ás olimpíadas –dicíalle.

—Con chegar aos próximos campionatos, vou que xuto.

–Pero non hai nada como gañar unhas olimpíadas! Sei que se te pos, chegarás. Tanto ten que sexan nos cinco mil, nos dez mil ou no maratón, mais chegarás.

Genet suspira. Non sabe por que ten tanta fe nela. O maratón. Xa lle gustaría. Polo de agora hai días en que está tan cansa que só as palabras de Tamiru e a cama que a agarda na casa a animan a continuar. O maratón... cando estará en condición de correr un? E de facer un bo tempo! Seguramente nunca, dise. Seguramente nunca.

Mais a roda dos días continúa e ela móvese, indo dun lado para outro, afacéndose a subir en avións e outros medios de transporte, centrada só na pista e en campionato tras campionato, frustrada sempre co reloxo.

—Estamos falando con Genet Mulugeta, a muller que non coñece a derrota. Genet, como sentan tantas medallas?

Genet aínda era incapaz de afacerse a esta parte de correr, ás preguntas de xornalistas que queren saber dela. A ela non lle gusta falar, pero o adestrador insistira, dicía que era bo para ela, que atraería patrocinios e o certo era que, dende que empezara, levaba un ano facendo podio tras podio. Ás veces estaba arriba de todo e outras un chisco máis abaixo. Mais no podio. Era normal non pasar desapercibida para os medios, polo menos en Etiopía. Fóra sempre se refuxiaba en que non falaba outros idiomas á parte do ahmárico e algo de oromiya que aprendera de escoitar falar a compañeiras, e isto xa facía que a deixasen en paz.

Tamiru fora quen lle explicara ben aquilo dos patrocinios, que as empresas pagaban por poñer o seu logo na roupa de atletas de elite e que lera que as grandes estrelas chegaban a cobrar ata vinte mil dólares ao ano!! Tentaran poñer a cantidade en *birr* mais non deran. Unha morea incalculable de cartos. Así que de cando en vez accedía a algunha entrevista, moi ao seu pesar. Porque no fondo non sabía que contestar nin tiña gana de facelo.

10

Igual que a montaña axiña ficara aparentemente esquecida ao chegar a Addis, a vida da rúa quedara atrás ao comezar coa nova rutina. Mais iso non era de todo certo. Ela seguía levando a montaña e as rúas de Addis no seu interior. Alá onde fose. Notábao ata no propio corpo.

A primeira vez que competira fóra do país fixérao na cidade de Nantes. Lembraba perfectamente a marca (8:55:03) dos tres mil metros. Non adoitaba correr distancias tan pequenas, pero era o que lle ofreceran e ela quería por enriba de todo correr onde lle desen oportunidade. Aínda así, non só lembraba a carreira, senón que a cidade deixara unha fonda pegada nela. Era tranquila e sobre todo... plana. O adestrador xa lle falara de todo aquilo, da diferenza na presión, da carreira. Mais unha cousa era contalo e outra sentilo no corpo. Sentirse moito máis potente. E abraiada. Mirábao todo sen cesar, tanto que o adestrador tivera que chamarlle a atención un par de veces por non estar escoitando, algo inaudito en Genet. Mais a fin de contas, que ela soubese, nunca antes ninguén da súa montaña chegara a Francia.

Aínda así, axiña o seu afán de correr á mínima oportunidade foi abrindo paso a unha certa ambición. A de correr longas distancias, a de poñerse a proba. Cada día estaba dominado unicamente por unha pregunta: «Cando estarei lista?» O cronómetro, porén, non mentía e Genet sabía que estaba moi lonxe de facer unha marca presentable para o medio maratón, xa non digamos para o maratón. Os días eran unha persecución de tempos e repeticións. Uns días series, pesas, outros correr e correr. A maioría das veces non tiña tempo nin de falar con Tamiru ou coa súa mai. A maioría das veces estaba de concentración, de viaxe ou en lugares recónditos dándolle ao campo ao través. Moitas veces sentíase soa. Mais polas noites repasaba os nomes das atletas que admiraba, as atletas coas que de cando en vez podía correr. Algún día chegaría ela ao seu nivel? Pensaba en Tirunesh Dibaba, que acababa de gañar a medalla de prata nos dez mil das olimpíadas. Genet analiza as súas estratexias e maneira en que planifica as carreiras. Sabe que ten o privilexio de poder aprender das mellores.

Mais, dende que entrou no equipo nacional, hai outra carreira que corre en solitario.

—Non podemos ter unha corredora que non saiba asinar os papeis das competicións –dixéralle o adestrador sen dubidar.

Oíra ben de veces a historia de que a tremenda capacidade das corredoras etíopes viña de ter que correr dez quilómetros ao día para chegar á escola, mais ela pode asegurar que no seu caso non é esa a razón. Nunca na vida pisara unha escola e aínda así tiña que correr agora para chegar ás clases. Con dores por todas partes, o último do que tiña gana era de sentar estudar o alfabeto do ahmárico. Mais era obriga, sabía que non podería adestrar se non o facía. O seu profesor, Yekuno Amlak, semella un monxe deses que viven nos mosteiros que ás veces ve cando fai campo ao través nos lugares máis afastados. É tan serio que mesmo ao seu carón Toiba podería exercer de pallasa. Ademais de ensinarlle a ler e escribir, Yekuno Amlak explícalle de onde proveñen as expresións, non en van se dedica a estudar ge'ez, a lingua da que provén o ahmárico e que se usa na igrexa. Genet obviamente non tiña nin idea de todas estas cousas, pero xa está el para contarllas. Igual que lle conta as aventuras de diversos reis e santos, empezando polo que lle dá o seu nome. O primeiro rei da dinastía de Salomón que reinou en Etiopía no século XIII e que, como non podía ser doutro xeito, pensa Genet mirando para o seu mestre, foi educado no mosteiro de Istifanos, preto do lago Hayq (un lugar non moi afastado das montañas de Genet, pero que sempre lle provocaba confusión porque *Hayq* xa significa «lago», daquela como lle puxeran de nome *lago* a un lago?). Yekuno Amlak, o actual, é unha caixa eterna de historias e Genet pensa que se non estivese tan cansa e se non tivese a cabeza tan posta noutras cousas serían unhas horas agradables. Mais ela só pode pensar na seguinte carreira. Pensa tamén en saír da clase e poder ir correr á noitiña relaxadamente, sen cronómetro, darlles descanso á cabeza e ás pernas. Despois diso xa tanto lle ten durmir na casa como na residencia como en calquera lugar.

11

—Non é seguro adestrar nestes momentos –Tamiru viñéralle comunicar as novas. Houbera tiros en Sidist Kilo. A cidade estaba en estado de sitio e había toque de queda. Nada de correr fóra do estadio e das horas determinadas.

Genet mirouno incrédula.

—Que aconteceu?

—Pero Genet, non sabes en que país vives? Sabes canta xente hai desaparecida ou na cadea neste momento? O partido de Zenawi non acepta os resultados das eleccións e a xente saíu á rúa a protestar.

Genet non estaba ao tanto do mundo. No fondo seguía vivindo na súa montaña, da cal saía de cando en vez para andar entre o resto dos mortais. O adestrador convocara a todas e todos os atletas a reunirse na residencia onde se concentraban. Non quería que ninguén se metese en problemas. O ambiente na residencia era lóbrego. As nubes corrían tamén polo interior de Genet. Daquela corrían para unha ditadura? Nin na montaña de Genet algo así podía pasar desapercibido.

—Non penses niso –Tamiru tentara animala cando lle contou o que pensaba–. Nós corremos para Etiopía, para todas as xentes deste país. Para iso levamos estas cores, o resto non significa nada.

Mais o resto si significaba porque había sobre a rúa os corpos mortos das persoas que buscaban un futuro mellor, tamén para ela. Resultáballe difícil concentrarse noutra cousa. Mais as palabras do adestrador obrigárona.

—O teu medio maratón vaise resentir se non podes facer campo ao través.

Gran parte do equipo estaba na mesma situación. Por iso o adestrador convocara unha xuntanza para falar das posibilidades de «deslocalizar», dixera el, a maior parte do equipo. Resumidamente, ían buscar quen adestrase noutros lugares. O goberno non se ía opoñer a que saísen do país polo menos algunhas atletas, o pánico de que non regresasen era menor ca o orgullo nacional que o atletismo significaba para o goberno de Meles Zenawi. Aínda así, tiñan reticencias no caso das grandes «estrelas», o cal deixaba as portas abertas ás novas coma Genet. Ao remate da xuntanza, foi falar co adestrador. Dicirlle que estaba disposta a marchar.

—Moi ben, Genet. Tulu faloume dunha xente en Cataluña, en España, onde poderás adestrar ben o medio maratón. Hai varias probas en que podes competir. Deberás botar alí polo menos un ano. Entendes? Un ano sen *injera*, eh? Pénsao –o adestrador bromeaba pero no fondo era moi serio o que lle dicía–. Máis che vale traer algunha medalla debaixo do brazo.

Genet pensou que tampouco tiña tanto que perder, se non había *injera* habería outra cousa. Mais cando pola noite quedou con Tamiru a beber un vaso de leite entón soubo que non era tan doado como pensaba. Estaban ela e súa mai. Que ía facer súa mai soa?

—Tes que pensar en ti, Genet. Esta é a túa oportunidade –dixéralle Tamiru.

Súa mai non dixera gran cousa pero fora por un pano para darllo. Genet sabía o que era. O pano que pasara polo sobrazo para que levase con ela o olor do seu corpo. A mostra de afecto que se lles daba ás persoas que ían marchar do país. Para que non esquecesen quen agardaba por elas. Para que non estivesen nunca soas. Para que volvesen.

12

O aire de Barcelona era fondamente diferente ao de Addis. Por momentos non era nin respirable, mais por fortuna non estaba lonxe da montaña á que ir coller folgos. E logo estaba o outro: o mar. Genet pensou que nunca cansaría de velo. En Etiopía só había lagos, o mar era ben diferente. Emanaba un aire especial, salgado. Correr ao seu carón cada día á tardiña, despois das longas sesións de adestramento era unha marabilla. Aloxárana na Vila Olímpica, a ela e a Senbere, que polo menos sabía falar inglés e podía comunicarse co equipo. Era todo estraño e diferente. Mais algo permanecía igual: correr. Era a súa forma de comunicarse. Cada día máis. Cada día empurrando o seu corpo magro a través do vento do cronómetro segundo a segundo, décima a décima.

Non había forma de parar, quería chegar, quería facelo mellor, cada día un pouco máis. Ata que por fin estivo na liña de saída do maratón de Mataró. O seu primeiro medio maratón. Coa enerxía do mar nos pulmóns e a nostalxia do resto do equipo que non a ía ver usar o seu corpo para superar cada pendente e cada curva do percorrido ata chegar á meta. E chegou. A primeira. Igual ca en Terrassa. Igual que nos dez mil da San Silvestre de Barcelona dese ano.

Estaba lista? O adestrador reclamouna dende Addis. As cousas estaban calmas despois daquel ano terrible. Era hora de volver e prepararse para o mundo. Non podía deixar de correr. Un ano máis tarde era a terceira etíope máis rápida tras gañar os dez mil da Sanyo Road Race en 31:54. Un ano despois gañou seis carreiras diferentes, dende os cinco mil de Addis aos dez mil de Bangalore pasando polos cinco mil en circuíto cuberto, o medio maratón de Delhi e de Virginia Beach ata chegar ao final dese ano por fin á liña de saída do maratón de Dublín.

E aí pensa por fin. Pensa na casa que lle puido construír á súa mai, na cantidade de cartos que fixo nestes dous últimos anos. A ledicia de saber que non pasará fame de novo e que súa mai non terá que escoitar a choiva pingar nun teito de latón. Mais no fondo sabe que non corre por iso. Sabe que corre porque o sente no peito, porque cando empeza, non importa o que doia, ten que continuar. Que xa non corre sequera para gañar a ninguén excepto a ela mesma e ao maldito reloxo.

Cando dá a saída pensa nas moitas veces que se sentiu soa, nos moitos momentos frustrantes nos que non é quen de dar o que debe, nas pausas forzosas para non lesionarse, na distancia da casa, na ausencia de súa mai, que se sente soa en Addis a pesar das comodidades, mais que se nega a vivir noutro lado, na distancia de Tamiru. Todo por estar aquí. Correndo. Os escasos e ao tempo eternos minutos deses 42,195 km, os que se supuña que correra Filípides ata Atenas para anunciar a vitoria sobre os persas antes de caer morto. Notábase que non era etíope. Ningunha etíope caería morta ao final dos 37 km que separaban Maratón de Atenas (aínda que Genet sabía que en realidade circulaba a historia de que correra dende Esparta, 225 km!).

Mais hoxe non movían as mans do reloxo a fin dunha guerra senón o percorrido pola cidade de Dublín. A liña de saída e a de chegada estarán ateigadas, mais a iso tamén xa está afeita. As multitudes aplauden en certos puntos. Sabe onde pode beber, onde debe aforrar enerxía. O desafío, sábeo calquera, é a resistencia. 42,195 km contra si mesma. E non só. Pois ao chegar ao sprint final atópase competindo tamén coa cabeza da carreira nun tremendo esforzo que aínda non chegara a facer, suando cada pinga de líquido do seu corpo, implorando aos seus pulmóns e ao seu corazón que lle fagan cruzar a liña de meta. Cada segundo un lastre en cada perna que finalmente a deixa en terceira posición: 2:29:53.

—Quedaches terceira no teu primeiro maratón? –Tamiru case canta polo teléfono–. Es unha auténtica máquina.

Genet bota unha gargallada. Non estivo mal, pero a próxima vez ha estar mellor. Aínda así, non sente frustración, só ganas de superarse. E faino. Ata o día en que o adestrador se achega a ela na pista do estadio, novamente en Addis.

—Cres que estás lista?

Genet sorrí, está analizando a terra antes de facer as primeiras series. Sabe que a pregunta é retórica, é a introdución ao que leva tanto tempo agardando.

Acaba de gañar o maratón de Rotterdam no que bateu a marca etíope tras unha carreira tremenda en solitario que rematou en 2:18:58, cinco longos minutos por diante da segunda. O adestrador está falando coa cuarta muller máis rápida do mundo en correr un maratón.

Así que Genet nada máis se ergue, a súa cara coma un xirasol. Sente os músculos do corpo todo a dicirlle que si, que está lista como nunca antes e nada máis asente.

—Alédome. Benvida ao equipo olímpico. Londres agarda, querida Genet.

Sprint

1

Dende que se anunciara a súa participación nas olimpíadas, o mundo semellara tolear. Agora vivía na súa casa cando estaba en Addis, tranquilamente coa súa mai, que se negaba a ter ninguén que a atendese.

—Non son unha vella –dicía, o cal era totalmente certo.

Súa mai tiña un cuarto para facer *gabis*, actividade á que se seguía dedicando. A iso e a buscar nenas na rúa. Genet e mais ela falaran de que facer cos cartos. A maioría de atletas investían en facer hoteis e restaurantes e en promover o deporte. Ela estaba claro que tiña máis cousas en que pensar. Sabía o que era estar na rúa e esa non era vida para ningunha nena.

—Aínda así, tes que pensar no futuro. Non sempre vas poder correr –dixéralle Tamiru.

Nas súas palabras ían pregados outros contidos. Dun tempo a esta parte insistía en falarlle de namoramentos e Genet non tiña a cabeza para iso. Estaba claro que ela quería a Tamiru e que lle gustaba estar con el cando tiña tempo, falar con el, tomar un café, ir correr.... Mais iso era todo.

—As atletas tamén casan e teñen fillos –dicíalle de cando en vez, engadindo algúns exemplos.

E que tiña que ver iso con ela? A ela non lle interesaba nada diso. A súa vida era outra. Parecía que de socate Tamiru esquecera todas as palabras de apoio que lle dera noutros tempos. Se cadra tiña que ver con que el tería que deixar a competición axiña, as lesións non deixaban de aparecer. Mais diso ela non era responsable.

—Non queres deixar os teus xenes na terra? –dicíalle algunha vez medio en broma. Mais a ela non lle facía graza. E que trapallada era aquilo dos xenes? Nada se conseguía sen traballo. Canto máis premía Tamiru, menos ganas tiña de velo.

Xusto entra na casa un día despois dunha desas conversas con el para atopar a súa mai sentada e inmóbil e entón sabe que algo vai mal. Que acontece? Na man un papel, que lle estende sen dicir palabra. Alguén llo debeu de ler xa porque semella informada do seu contido. É unha carta. Do seu pai.

—Que é isto?

—Imaxino que os cartos lle devolven a memoria a calquera.

Na carta dicía que as estivera buscando sen éxito, mais súa mai semellaba dubidar e para Genet era unha persoa afastada e descoñecida, igual que fora cando vivía con ela. Mais coñece ben a súa mai para saber que hai algo máis detrás dese silencio.

—O teu pai estou segura de que botou outra muller en canto viu que non regresabamos. Unha nova posesión. Como era eu, como serías ti. Por iso non volvín.

—Que queres dicir?

—O teu pai... –Toiba semella cansada de súpeto–. Cando eu era moza tiña unha especie de namorado co que pasaba o tempo, na nosa comunidade hai esa tradición do que chamamos «amizade dos beizos» e que quere dicir que unha pode bicar pero non ir máis alá. Non pasaba nada, todas as nenas da miña idade facían iso, botaban un amigo deses. E non pasaba nada. Ata que pasaba. Ata que a «amizade» tornaba en algo máis serio e unha se negaba a casar con quen lle era asignado.

Genet está sentada ao seu carón e escoita con atención.

—Nese caso había outra tradición que viña moi a conto e que consistía en que o marido elixido... tomase o seu dereito pola forza, acto que viña seguido do obrigado matrimonio.

Genet sabía que iso era unha «práctica tradicional nociva» denominada *matrimonio por rapto* e que estaba penada pola lei. Moitas das nenas que chegaban a Addis e que agora acollían no refuxio fuxían de tales situacións.

—Queres dicir que meu pai te violou e te obrigou a casar con el?

Toiba nada máis suspira.

—E o teu mozo?

—Unha das veces que foron ao alto coas vacas simplemente non volveu –Genet tenta procesar o que lle está contando súa mai–. Mais teu pai non me puido volver tocar. Porque dende o día da voda agochei un coitelo na roupa e ameacei con matalo se me puña un dedo enriba. Teu pai sabe que non son muller de palabras necias. Mais chegado un punto comezou a ameazarme con venderte, con levarte e para min naquel momento eras o único que tiña, non podía permitir que che pasase nada. A fame foi a nosa porta de escape.

Genet séntese esgotada.

—E agora?

—Agora debeu de baixar á vila ir ás prostitutas como fai sempre e vería algo nas noticias, recoñeceríate e quere a súa parte. Se non irá á prensa falar da «filla desagradecida» ou buscará o xeito de facernos a vida imposible. Pena de coitelo.

As dúas quedan en silencio sen saber que facer.

2

—Quero ir adestrar a Wollo.

—A Wollo?

—Si, á montaña –o adestrador míraa abraiado. E a esta que lle picou agora?–. Farame ben a altitude e o campo ao través.

—Pero ti dáste conta de que Londres está á volta da esquina?

Genet cala e o adestrador sabe que non paga a pena discutir. É raro que se lle meta algo na cabeza pero cando é así non hai maneira de movela do sitio.

Cando se ve ao pé da montaña sente unha bafarada do pasado premerlle o peito. Mais está afeita a seguir respirando cando hai pouco osíxeno así que se dispón a comezar o duro ascenso de vinte e cinco quilómetros ata chegar ao cumio. Ata chegar á aldea que a viu nacer. Irá soa, abaixo quedará o coche e todo o demais. O adestrador insistiralle en que tiña que ter conta de non se lesionar. Genet non escoitara.

Pola aba da montaña comeza o seu regreso ao pasado. E as crianzas a subir e baixar, que a saúdan sorprendidas. Non hai tanto tempo ela era unha desas crianzas. Non pode deixar que o nó na gorxa a afogue, xa abondo dura é a subida. Pasan ao seu carón as mulas e as mulleres cargadas, que a miran tamén con curiosidade. Recoñecerana? A xente morre moi nova na montaña.

Entende agora o odio calado da súa mai, a súa fuxida cara adiante, a soidade e os sacrificios e o non retorno. E por iso corre, corre e gabea pola aba escarpada da montaña. Corre e corre ata chegar a aquel punto que tan ben coñece. O bordo mesmo, o lugar onde sentaba de pequena, co seu vestidiño verde, a tocar as estrelas.

Hai un edificio novo dende o cal saen unhas voces pequenas. A escola. O goberno anunciara escolas nas zonas de montaña, con profesorado que debe vivir aló e que ás veces vai e moitas veces non está. Mais hoxe hai clase. Pasa por diante e baixa ata o cano da fonte onde sentan algunhas mulleres. O cano está vello, mais elas teñen a súa idade. Levan os mesmos traxes que levaban as súas mais, o pelo coas trenzas diminutas, cruzadas diante e rapado por partes. Que estraña debe parecer ela en pantalón curto e camiseta, co pelo arranxado e con outra historia totalmente diferente ao lombo... realmente?

—Genet? –di unha delas–. Genet, es ti?

Mais Genet non se detén e non a oe mentres corre polo outeiro cara ao *tulu*. A choupana está exactamente igual que cando ela era pequena. Só o arbusto do café amosa o paso do tempo. E a muller e múltiples crianzas de diferentes idades que ocupan o interior, igual que o fixeron ela e súa mai hai tanto tempo.

—Onde está? –di sen máis.

A muller indica coa man e ela entende. Na leira da outra aba. As pernas queren chegar canto antes, mais a cabeza pídelle algo de prudencia. As pernas gañan, como case sempre, e déixaas correr como cando era nena, cunha parte amarga e outra fondamente feliz de estar naquel lugar onde gran parte dela se recoñece.

Entón veo encrequenado sobre a leira recollendo algo do chan. A terra está en costa e o cultivo é difícil. Ela sábeo ben, víñalle traer a comida na cabeza cando a había. El nota a súa sombra e ergue a vista. Ao vela, fica mudo. Genet ten que recuperar os folgos para poder falar. Iso tamén aprendeu a facelo.

—Non che vou dar nada. Non o intentes máis. Non botes unha carreira comigo porque sabes quen vai gañar.

Genet dá a volta e entón óeo.

—Nótase que es filla de túa mai.

Entón Genet vírase dende o alto, a súa sombra cae xusto longa e intensa enriba do seu pai. E nada máis di.

—A moita honra.

E desaparece correndo novamente pola aba, sen deterse porque o pasado non regresa e o futuro agarda por ela.

3

Estaba revisando o percorrido a primeira vez que se achegaron a ela. No hotel onde se concentraba o equipo o acceso era restrinxido, estaba claro que era xente importante. O percorrido cambiara un par de veces, dende o proposto inicialmente ata o final, houbera un cambio por problemas de retransmisión televisiva, logo por perigo de acumulacións humanas... O caso é que remataba onde comezaba, o cal era estraño. A súa primeira olimpíada e non ía entrar nun estadio. Mais que se lle ía facer. Non en van estaba na cidade onde lle aumentaran os 195 malditos metros aos 42 quilómetros só para que unha raíña puidese ver a chegada da carreira. Eses 195 metros nos que suaba a derrota ou a vitoria.

Genet senta pensando nestas cousas cando a interrompen.

—Genet Mulugeta?

Homes de traxe. Pouco lle gustan. Serán patrocinadores? Non é o momento. Sexa o que sexa, queren algo dela.

Algo que novamente ratifican cando o teléfono soa xusto o día antes da proba, cando precisa ter todos os sentidos en regra. Sabe que se o adestrador chega a saber o acontecido poñerá unha denuncia. Mais ela non quere ese tipo de boureo ao seu arredor nese momento. Só quere pasar o sprint final e logo enfrontarse ao resto. Aínda así, chamaran. Por se tomara unha decisión. Para insistir no mesmo ca en persoa. Para ofrecerlle o que ela nunca pedira, o que era unha tremenda inxerencia e deslealdade.

Dende o día que se achegaran a ela por primeira vez tivera tempo para pensar no que lle ofrecían. Unha vida mellor. Mellor adestramento. Máis cartos. Máis facilidades. E súa mai? Habería que negocialo. Todas esas cousas dábanlle voltas xusto o día antes da saída máis importante da súa vida. Quería ser británica? Que era ser etíope? Non podía pensalo máis.

Cando chega ao The Mall as multitudes abráiana. Estaba afeita a elas, mais unha olimpíada era algo diferente, iso estaba claro. Vai percorrer Londres como doutra maneira nunca podería. Vai facer que caia de xeonllos a cidade e o mundo que a través dela a observan e comprendan do que é capaz Genet. É o momento da verdade. Na liña de saída, unha vez máis.

Cando as súas pernas comezan a moverse e con elas todo o seu corpo, pasan polo seu interior as montañas, as rúas de Addis, o primeiro maratón en Dublín, as carreiras e carreiras e máis carreiras, as horas de traballo, Tamiru, súa mai, as ofertas dunha «vida mellor», os adestramentos... Todo. A vida enteira. Ata que por fin encontra o seu ritmo, como lle pasa sempre, e entón só pensa en correr, en manterse. Correr pola vida que tivo e pola que merece. Ocupar o lugar que lle corresponde no mundo, chegar ao que quere para si. Para iso completa a primeira volta pasando por diante do Palacio de Westminster, de regreso ao The Mall, 3.571 metros quedan tras de si. Agora quedan tres voltas de 12.875 metros.

O día está murcho e chove, así que precisa toda a forza posible para non esvarar, para facer fronte ao vento e ao labirinto que lle queda por diante, con rúas de pedra incluídas. Todo o mundo anticipara que ía ser imposible bater un récord con ese percorrido. Mais ela só pensa en correr, instalada nun ritmo que procura levar ao límite, disposta a concentrarse ao máximo ata chegar ao quilómetro final.

Nos minutos eternos en que o corpo se move sen pausa ela pensa nas mulleres etíopes que corren. Recita os seus nomes, pensa na súa compaña nos adestramentos, na súa forza e na súa superación, en como corren contra si mesmas sen fin. Pensa sobre todo naquelas que corren invisibles aos ollos do mundo, as que non teñen nin nome nin apelidos, as que son só caricaturas tristes, mentres superan todos os obstáculos e todas as montañas. Como a súa mai, sen ela non estaría hoxe aquí correndo baixo esta choiva incesante que lle enchoupa a respiración e lle desacelera a pisada.

No punto preciso e estudado no que ten que recoller a bebida, sen saber moi ben como, choca e, cando se dá conta, está no chan. Genet sente a dor no ombreiro só un segundo, o tempo que tarda en incorporarse sen saber canto tempo valioso deixou pasar. Ten que ir máis rápido. Ten que estar no grupo de cabeza. Está lonxe de renderse.

Porque hoxe corre para que o mundo enteiro a vexa. A ela mais non só. Para que o mundo enteiro vexa de que son capaces as invisibles. As nenas das montañas, as nenas da rúa, as mozas solitarias que non queren casar. Hoxe ten que gañar por todas elas. Ten que chegar ás últimas alancadas con forzas para cruzar a meta. Disposta a non abaixar nunca a cabeza, nin sequera para que lle dean a medalla. Genet alanca a un ritmo endiañado, nótao no corpo todo, tamén no ombreiro que lle doe. Mais para iso haberá tempo logo. Agora a súa mente e o seu corpo móvense sen límite, como nunca antes, ao son acompasado do seu corazón.

É neste domingo onde quere facer a súa historia, onde quere amosar que é dona do cronómetro da vida e así Genet avanza destemida, superando a dor da terceira volta e o esgotamento da cuarta para chegar con forzas ao final, disposta a entregarse á meta incerta, mirando de esguello as competidoras ata a derradeira alancada que a leva, soa e soberana, a cruzar a liña entre os aplausos que non oe porque simplemente se deixa caer ao chan para tocalo, derrotada polo esforzo, pero sobre todo pola ledicia do conseguido e do que queda por diante.

Logo, cando estea enriba do podio, saberá que despois da caída correra tres minutos de media máis rápido que a primeira parte da carreira e que seguramente iso foi o que a levara a bater, contra todo prognóstico, a marca olímpica coas súas dúas horas, vinte e tres minutos e sete segundos. Por iso, cando por fin está no podio, entende que levantarse e correr, unha e outra vez, é o seu camiño e o seu fogar aprendido na cerna da montaña, no país onde naceu e onde cabe o mundo enteiro.

Aínda que Genet é un personaxe de ficción, a súa historia recolle as vidas anónimas de moitas nenas, mozas e mulleres etíopes, sobre todo das montañas de North Wollo e da cidade de Addis Abeba. Recolle tamén a tradición atlética de Etiopía, moi distante da nosa (por exemplo na busca activa de talentos entre as crianzas do rural ou empobrecidas, na súa carencia de categorías para a mocidade –que a partir dos once anos, por exemplo, participan na *Great Ethiopian Run* coas persoas adultas– e as carreiras de fondo que se realizan a idades moi temperás). Mais de forma particular o personaxe de Genet espella a carreira deportiva concreta e os logros de Tiki Gelana, a gañadora do ouro olímpico en Londres, 2012, na proba de maratón. Súas son as marcas, as carreiras e os tempos que se lle atribúen nesta novela a Genet.

Índice

Páx.

A autora

María Reimóndez (Lugo, 1975) é tradutora e intérprete de profesión e feminista por convicción. O seu primeiro libro publicado foi o poemario *Moda Galega* (2002), ao que regresou nunha reescrita dez anos máis tarde en *Moda Galega reloaded* (2013) e posteriormente publicou *kleinigkeiten/cousiñas* (2013) e *Presente continuo* (Xerais, 2013). Como narradora, é autora de cinco novelas: *O Caderno de Bitácora* (2004), premio de novela Mulleres Progresistas, 2003; *O club da calceta* (Xerais, 2006), finalista do Premio Xerais de Novela 2005, Premio Arcebispo San Clemente, 2007, traducida ao castelán, italiano e francés, e adaptada á escena por Teatro do Morcego e ao cine por Ficción Produccións; *Pirata* (Xerais, 2009), traducida ao italiano; *En vías de extinción* (2012), traducida ao castelán; *Dende o conflito*, (Xerais, 2014) coa que gañou o XIV Premio Xerais de Novela; *A música dos seres vivos* (Xerais, 2015); e *A dúbida* (Xerais, 2016), coa que gañou o XIV Premio La Voz de Galicia

de Novela por Entregas.
No ámbito da literatura infantil é autora de *Usha* (Xerais, 2006), finalista do Premio Merlín, 2005; *Lía e as zapatillas de deporte* (Xerais, 2008) Premio Frei Martín Sarmiento, 2010; *O monstro das palabras* (Xerais, 2009) e *Volvo! O regreso de Usha* (Xerais, 2014).
Como ensaísta publicou *A alternativa está aquí* (Xerais, 2014) e, en coautoría con Olga Castro, o libro *Feminismos* (Xerais, 2013). En 2015 a AGE concedeulle o Premio Xosé María Álvarez Blázquez ao autor/a do ano. É fundadora da organización non gobernamental de cooperación ao desenvolvemento Implicadas/os no Desenvolvemento, que leva traballando desde o ano 1998 na India e en Etiopía en proxectos de desenvolvemento integral cun claro compromiso pola superación da discriminación de xénero como base do desenvolvemento perdurable.